吃透人生，慢慢来

冯淑华 著

上海文化出版社

图书在版编目（CIP）数据

吃透人生，慢慢来／冯淑华著. —上海：上海文化出版社，2016.7
ISBN 978-7-5535-0566-4

Ⅰ.①吃… Ⅱ.①冯… Ⅲ.①散文集—中国—当代 Ⅳ.①I267

中国版本图书馆 CIP 数据核字（2016）第 159675 号

插　　画　李梦皎
责任编辑　黄慧鸣
助理编辑　王绍政
装帧设计　汤　靖
责任监制　陈　平　刘　学

书　　名　**吃透人生，慢慢来**
作　　者　冯淑华

出　　版　上海世纪出版集团
　　　　　上海文化出版社
地　　址　上海市绍兴路 7 号
邮政编码　200020
网　　址　www.cshwh.com
发　　行　上海世纪出版股份有限公司发行中心
印　　刷　上海天地海设计印刷有限公司
开　　本　787×1092　1/32
印　　张　7.25
字　　数　130 千
版　　次　2016 年 8 月第一版　2016 年 8 月第一次印刷
书　　号　ISBN 978-7-5535-0566-4/I.155
定　　价　25.00 元

敬告读者　本书如有质量问题请联系印刷厂质量科
**电　　话　**021-64366274

序

最好吃的是人

沈宏非

这个题目，借自我的朋友陈晓卿。去年，他写了一本关于吃的书，原本就打算叫这个名字，但是审查的时候，书活了下来，书名被枪毙了。这次为《吃透人生，慢慢来》作序，正好借来一用。

用"最好吃的是人"为题来给《吃透人生，慢慢来》作序，就像用西红柿炒鸡蛋，用烟草配咖啡，用胡萝卜炖羊肉，实在是世界上再贴切不过的事了。我相信，这件事不仅作者本人，就连被借用的陈晓卿，也会打心底里相信，尽管他还没有读过这本让人口水四溢并且让人口水共泪水齐飞的书。

因为作者天生爱吃，又嫁了一个从事特殊工作的男人——不是间谍，是一个专门在欠发达地区替穷人寻找水源的法国农业工程师，比间谍酷多了——嫁鸡随鸡地，除了作为大本营的法国，常年都随夫在柬埔寨、摩洛哥、突尼斯、喀麦隆、玻利维亚和几内亚这些无论对吃货还是旅行者来说都相对冷门的国度里过着"流浪"的生活。比这更冷门的，作者是以一个家庭主妇而不是游客的角色，对故事里这些男女的真实人生进行了深度、当然也是非常家庭主妇式的观察。因而，她所讲的十个故事，远远并不停留在"喀麦隆街头卖花生米的小贩，买他一包花生米，顺便也聊起世界杯足球赛的预测；摩洛哥市场里，穆罕默德先生那五颜六色的蔬菜摊后面，不管何时总有一壶热腾腾的薄荷茶和他的移民梦想；跟柬埔寨早餐店的跑堂阿姨，点一碗热粿条，再配上一杯冰红茶，就可以听她说起满腹的家庭牢骚"（作者在本书前言所言）。

这本书里有十道菜（包括甜点），每一道菜都有一个故事，一段冷暖人生，一种世态炎凉。比如，一根法棍和一个十八岁从塞内加尔移民巴黎的第一代非洲移民与其第二代及其法国妻子和非洲婆婆之间的文化冲突、代际矛盾以及自我身份认同的各种尴尬；一锅葡萄酒炖公鸡与一个上世纪三十年代末自中国南方漂泊到巴黎的中国医生的后代、一个子承父业的中法混血儿、一个嬉皮士医生极简又极复杂的内心世界；一只在十二月的大西洋寒风里散发出迷人香气的金黄油嫩的烤鸡和一个经历了婚姻失败、丧女之痛、酗酒自杀的落魄过气法国女明星；在二十三岁那年春天带着简单行李离开长满苹果树的家乡独自来到巴黎，遭遇十二年无果爱情后远走越南的小城姑娘和一块苹果派……以上这些，无论是在奈保尔、杜拉斯还是萨冈的笔下，都足够成为后殖民宏大叙事或者充满异国风情的法式浪漫故事。然而，这故事既然落到了一个吃货的手里，人物和命运依然还是主线，只是人物及其命运，似乎无不宿命般地受到了各种食物和各种气味的微妙的影响，人世间的悲欢离合、爱恨情仇，最后无不被作者以四两拨千斤的功力付诸其色香味于一条法棍、几个苹果，并且一一都被附上了详尽的菜谱。每一次读到故事的最后，读到作者和故事主角跳出戏外，把故事里的那道"当事菜"以菜谱的方式冷静地娓娓道来，我就会想起《深夜食堂》。她让我再一次也是最后一次深信：炊无定法，食无定味，饮食因人而有滋，命运因食物而有味，最好吃的是人。人未来吃此食时，食与人同归于寂；人来吃此食，食色香味一时明白起来。正如作者所言："如果书里的故事，让你心酸、落泪、爆笑、气愤；如果里面的菜肴，挑动你的食欲、饥饿和胃口，那是因为你也是一个……天生真性情的人！往事让人伤心，红萝卜沙拉却有益身心。"

如果可以的话，我其实真的很希望从现在开始、从这本书开始，全世界每一个关于人的故事，最后都应该附上一份详尽的菜谱。

最 好 吃 的 是 人

目　录

前言

很久很久以前

……

　　一直有个梦想，想开个小餐厅：三四张桌子，八九个客人，两天休业准备，三天开张营业，剩下的时间就拿来阅读写作。

　　梦想了几年，却找不到出资的金主。我家另一半说，这是个傻子餐厅，绝不投资赔本生意。开不了餐厅，只好把下厨的时间拿来烹煮文字。就这样，傻子梦想尚未成真，几本小书却慢慢成形成样。

　　《吃透人生，慢慢来》是我的第一个作品，十个不同口味的故事，带出十种食物，有的很开胃，有的需要一点时间消化；有的略带辛辣，有的平淡如水，需要静下心来品尝。

　　在朋友圈中，我的手艺还挺有名气。每次请朋友来家里饱餐一顿后，他们总好奇地问我，从哪里学来这些异国风味美食。我没受过正式餐饮训练，这些美食不是学来的，而是从生活中一点一滴累积下来。

嫁了一个法国人，一个专门在欠发达地区替穷人们找水源的农业工程师。因为工作的关系，每隔三四年就得搬到一个新的国家。十几年下来，我们已经换了六个国家：东南亚的柬埔寨、北非的摩洛哥和突尼斯、中非的喀麦隆、南美的玻利维亚和西非的几内亚。当然啦，还要加上法国，我们游牧生活的休息中继站。

这种定期迁移的方式，让我不得不成为职业家庭主妇。每搬到一个新国家、新城市，还搞不清东西南北，我家法国人便开始专注于新工作，我则得拿着地图辨认方向，寻找落脚地方。生活的里里外外、大大小小事情，因为语言、文化、宗教和社会习俗的差异，得全部重新学习。

边过新生活，边认识新朋友、新文化。慢慢地，透过家庭主妇这个角色，我看到了很多很鸡毛蒜皮却非常有意思的事。

喀麦隆街头卖花生米的小贩，买他一包花生米，顺便也聊起世界杯足球赛的预测；摩洛哥市场里，穆罕默德先生那五颜六色的蔬菜摊后面，不管何时总有一壶热腾腾的薄荷茶和他的移民梦想；跟柬埔寨早餐店的跑堂阿姨，点一碗热粿条，再配上一杯冰红茶，就可以听她说起满腹的家庭牢骚。

准备好了吗？要上菜了。

面包老爹 Papi pain

　　它的身材标准很严格，身长六十五公分，宽度五到六公分，厚度只能有三到四公分而已；外表金黄酥脆，内心要柔软无比；成分简单，却需要足够的时间和力气来成形。如此用尽心力的成果，却抬不高它的身价，但少了它，法国人的餐宴简直无法开场。如此复杂的身世背景，说的就是法国的棍子面包。

　　全世界吃面包的人口很多，但法国人拎着、夹着、提着细长金黄棍子面包，走在街头的情景，让这种再普通不过的食物，和红酒一样，成为道地的法国美食代表。

面包老爹

每年休假回法国时，如果时间许可，总会去一趟南部的大学城蒙彼利埃探望好友，还有他们家可爱的双胞胎女儿。朋友家在大学城的市中心，从恋爱、结婚到生孩子，一直住在那栋四层楼的老古董公寓里，面包老爹的店铺就在朋友家楼下。

　　小小的店面根本谈不上装潢设计，反倒是店里每样摆设，从面包架、面包篓甚至到收银机，都是有点岁数的老古董。二十年前，面包老爹还只是个替人打工的面包师傅时，因老板年纪大决定退休，面包老爹便顶下了老板的店。店铺规模不大，不过老爹的面包做得好，附近居民几乎都是他的忠实顾客。

　　每次去蒙彼利埃的时候，总会在朋友家住个三四天。朋友太太是南部马赛人，海鲜料理做得一流，每次都会准备各式各样的拿手菜招待。不过说实话，我最期待的，还是他们家得天独厚的早餐，永远都有热腾腾刚出炉的棍子面包。

　　在朋友家的那几天，我总是起得特别早，自告奋勇下楼买面包。在法国有个不成文规矩，买面包的人可以当场扳下棍子面包的顶端，先尝为快。根本不需要抹上果酱、奶油，热乎乎又脆又软的面包，我可以一口气吃上半条。

　　面包老爹一点也不老，还不到六十岁呢。朋友念幼稚园的女儿，每天出门见到面包老爹时，总喊不出老爹的名字，孩子不是故意的，面包老爹的名字真的很难念。想着想着，孩子们就这么喊出了"面包老爹"（Papi Pain）和"面包老妈"（Mamie Pain）。他们夫妻俩欣然接受这个天真建议，没多久附近邻居也都跟着这样称呼。

面包老妈不会做面包，原本在邮局上班的她，几年前因为健康问题提早退休后，干脆待在面包店帮忙。来自法国东部阿尔卑斯山的面包老妈，跟面包老爹热情洋溢的个性完全相反，她不爱讲话，永远静静地站在柜台后面。偶尔，当厨房工作没做完，老爹跟客人聊得忘我时，面包老妈才会打断老爹的谈兴，催促他进厨房。

我们一年才见面几次，他们夫妻俩却记得我这个稀客。每次上门买面包时，只要店里没有太多客人，面包老爹就会花上几分钟时间，跟我聊聊一年来的大小事。每次离开蒙彼利埃前，我都照惯例绕进老爹的店，向他们夫妻道别。每一次，老爹总会伸出那双沾满雪白面粉的大手，重重地握住我的手，然后说声："明年见。"

今年也不例外，回法国的时候时间有点紧迫，但还是硬排出几天去蒙彼利埃，因为过完暑假后，朋友就要搬家了。老公寓住得有感情，不过孩子们一天天长大，空间越来越小。花了一年时间，朋友终于在离市区稍远的地方，找到了一栋两层楼的房子。这回南下，除了拜访朋友外，还要看看他们未来的新家。

隔天早上一如往常，我自动自发下楼买面包。星期天早上十点多了，买面包的顾客还是很多，假日嘛，大家喜欢赖床。我推开门，进到店里，礼貌地向大家问候："早安，女士们先生们。"

　　这是法国人的礼仪，进到商店里，新到的客人得向大家打招呼，其他客人也会礼貌地回一句："早安。"

　　不过那天我的问候出口好一阵子，却没有任何回应。看了一下四周，所有人表情都很别扭，整个店里有股怪异气氛。往柜台探头，才发现一向开怀畅谈的面包老爹，紧紧绷着一张脸，像个机器人一样："要什么？还有呢……一共两元三角。"

　　每个买完面包的客人转身离开时，都如释重负，迫不及待赶紧推门离开。

　　面包老爹哪里不对劲啊？更奇怪的是，一向负责买卖的面包老妈，最忙碌的时候居然不在。满肚子疑问，当着这么多客人不好意思说出来。轮到我的时候，面包老爹看了我一眼，什么招呼也没打，什么表情也没有，拿了六个牛角面包装在纸袋里，再递上三条棍子面包。我付钱、他找钱，然后——

　　"下一位！"

　　抱着热乎乎的面包，心情郁闷地上楼。刚走进朋友家，还没放下面包，头一句话就是问朋友：

　　"到底出了什么事，面包老爹怎么一脸怒气？"

"哎哟，没什么大不了的，每隔几年他们家总会来上这么一场文化风暴。"

文化风暴？朋友老婆接过了面包，放在餐桌上，配着热咖啡和松软的面包，她告诉我老爹的故事。

十八岁的梦想，二十岁的念头

面包老爹原籍是西非的塞内加尔，从小在乡下长大的他，连首都达喀尔都没去过。十八岁时却在一位同乡鼓动下，决定到法国闯一闯。年轻的他，从没想过移民，对未来也没计划。在那里能做出什么大事业，他根本不在乎，只想去陌生国度走走看看而已。

离家的时候，单纯的梦想加上几件换洗衣服，微薄旅费配上一副强健的体格，他天真地来到了法国南部的马赛港。刚放下行李，连城市风光还没看过，就在同乡介绍下进了港口，成了临时搬运工。

没机会四处走走，光看着码头每天进出的大小货船，已经让他惊讶连连。临时工人待遇很差，工作机会又不固定，只能在同乡家的客厅打地铺，再贴点钱搭伙吃饭。但对这个纯朴的乡下小子来说，已经是心满意足了。

快乐开心的他，仗着年轻力壮，工作时特别带劲，码头的货运工头也喜欢找他干活。没多久，在一个工头推荐下，他进了马赛郊区的一家面粉工厂当送货工人。有了固定工作和稳定收入后，终于脱离打地铺的生活，和工厂的同事合租了个小公寓。

他是靠劳力讨生活的，却从不吝啬自己的力气。同事生病搬不动货，没关系，他一人扛下两人的工作；新年假期前，面包店、点心铺订货特别多，老板不用开口，他自动加班；送货到面包店，不但将面粉整齐堆放好，要是不赶时间，还会帮客户清清仓库、搬搬东西。几个月下来，从老板、同事到客户，大家都很喜欢这个黑黑的大个儿。

除了个性大方随和，幸运之神也蛮眷顾他的。工作上，没有碰到刻薄的老板、找麻烦的同事；生活中，没有遇到歧视人的房东、冷漠的邻居。当同乡忙着抱怨异乡生活时，他却忙着挖掘工作与生活的乐趣。

譬如说，在家乡的时候，他根本不会做菜，也不喜欢进厨房。现在每天穿梭在不同的面包店、糕饼铺，他爱上了那种刚出炉、暖暖浓浓的面包香。说来很神奇，一袋袋没什么味道的面粉，经过盐巴、水和酵母的调和，时间与力量的揉捏后，进了趟烤箱，居然就成了香喷喷好吃的面包。

面包师傅工作时间很长也很累，环境又热又闷，却让他很羡慕。同样一双手，面包师傅可以做出一条条可口的食物，自己呢，自己的手能做出什么令人惊奇的事呢？

每天扛面粉的时候，他都在想这个问题，想啊想，学做面包的念头慢慢进了他的脑袋。不敢跟别人说，怕别人笑，像他这样大个头的人，生来就是要出力气干活的，不是吗？记得小时候，每天清早翻山越岭去找水源、提水时，他总是一马当先，把家里的水缸装得满满的，村里的人都很忌妒他们家有这么一个强壮的儿子。

　　做面包这种细腻的工作，自己应该办不到、做不来吧？

　　藏着这个想法，在一次送货中，面对老客户关心问候，心里憋不住说了出来。老客户店里不缺人，但他的一个朋友，在南部的大学城蒙彼利埃有家小面包店，刚走了个学徒。如果他是认真的，老客户愿意帮忙牵线。

　　整整想了一个晚上：面粉工厂做得得心应手，不过他能扛一辈子的面粉吗？刚满二十岁的他，不再是两年前那个没想法的天真小伙子了，那天晚上，他头一次想到了自己的未来。

　　第二天，联络了老客户，辞去了面粉工厂的工作，离开了马赛的朋友同乡，他带着原先几件旧衣服，加上小小的积蓄还有那个念头，那个学做面包的念头，去了蒙彼利埃。这一去，从此在那里定了下来，那双黑黑大大的手再也没离开过白白的面粉。他把自己的青春混进了面粉堆里，一搓一揉，做出了属于自己的法国新生活。

　　当年那个两手空空的小伙子，成了有家有眷的面包师傅，娶了法国太太，生了两个混血儿子，做出一手道地的法国棍子面包。现在的他，再也扛不动二三十公斤的面粉袋了，却调教出两个同行：两个儿子，一个是面包师傅，一个是点心师傅，都在马赛著名的点心面包铺工作。

十八岁的梦想、二十岁时的念头，在他手里通通实现了。

寻根之旅

转眼十几年过去，年轻力壮的非洲小伙子在法国落地生根，却从没忘记家乡的老妈妈、三个弟弟和两个妹妹。离乡十年后，带着新婚的法国太太，面包老爹头一回风风光光地回家了。

那真是一趟热闹的探亲之旅，家人、远亲、朋友、小时候的玩伴、村里邻居，不管认不认识、记不记得，所有的人都挤进那小小、阴暗的家。大家抢着和他说话，抢着看他美丽白皙的法国太太，夫妻俩受宠若惊。

面包老爹身边挤满了村里的老少男人，想听他的法国奋斗故事。年轻的面包老妈则在邻居的翻译下，和不会说法文的非洲婆婆、小姑学做丈夫的家乡菜。这是她第一次到非洲，很快地适应了另一种不同的家庭文化。她跟面包老爹认识好几年，决定嫁给他的时候，已经做好心理准备，准备接纳老爹的一切。

第一次探亲之旅热情愉快地结束，回到法国没多久，小家庭规模扩充，两个男孩一前一后生下来。有了孩子的头几年，家庭支出增加，家乡亲人数次催促召唤，但四个人的机票旅费加一加、算一算，贵得吓人，只好把探亲念头悬在那里。

等啊等，差不多又是十年的时间，两个男孩上了小学，面包老爹总算存了一大笔钱，带着老婆孩子浩浩荡荡地回家乡。这次旅行比起十年前风光返乡，有着截然不同的意义。儿子生在法国、长在法国，但血液里还有另一半来自非洲的文化根源。他不要求儿子学说家乡话，但至少得认识自己的根。

可惜，那一趟寻根之旅简直糟透了！

两个男孩像局外人，面包老爹郑重其事的理由，他们左耳进右耳出。知道自己肤色里有非洲黑色的血源，然而对塞内加尔、对老爹出生的土地，跟其他法国孩子一样，觉得仅仅是地理课上学来的知识而已。老爹寻根溯源的大道理，他们根本不想了解，也没兴趣知道。

同床异梦，一家人回到了老爹的家乡。三个礼拜的假期里，两个男孩过得非常不愉快。住在叔叔家，每天天色刚亮，来自各方的亲友就已经上门拜访了。孩子们哪里也去不成，得乖乖坐在客厅，待在爸爸身边，像两座艺术品似的接受访客们惊叹注视。

两兄弟好不容易走出家门，想要四处逛逛，身边永远跟满了村子里的孩子。有人帮他们提背包，有人抢着提水壶，两个人简直像王子出巡似的，身后跟着一大堆保镖和侍从。在学校里，历史课教会了他们自由与平等，但在这片黑色土地上，却被捧得高高在上，这一点让他们难过也难以接受。

最气人的是，爸爸简直像个散财童子。行李里除了换洗衣物外，其余都是送人的礼物。每个上门拜访的亲友，总是带着笑容和礼物心满意足地离开。更别提爸爸拿钱给这个叔叔、那个表弟，看在眼里孩子们实在气不过。

的确，他们生活条件比非洲亲人好，然而在法国，终究是个普通家庭啊。妈妈在邮局上班，爸爸在别人的面包店打工，日子过得不好也不坏。为了这趟旅行，从两年前起，父亲就把他们的零用钱减半、生日礼物取消，甚至连夏令营活动都不让参加，硬把两兄弟送到啰唆的外婆家过暑假。偶尔想跟父亲要钱买点小东西，都会被唠叨个不停。

他们不懂，省吃俭用的爸爸为什么一回到家乡就变了样？那些欢迎他们的亲朋好友，是真心诚意还是为了礼物？这些疑问在两个男孩脑袋生根后，他们就越无法接受非洲亲人。嘟着嘴、臭着脸，三个礼拜假期在郁闷的气氛中无声地结束了。

回到法国后，行李还没放下，孩子们就立刻把不满情绪宣泄出来，一人一句，毫不保留地说出心里感受。最后两兄弟很认真地宣布，再也不回塞内加尔了。

孩子们的坦白让面包老爹气坏了，他想不通，一个筹备多年、意义重大的旅行，怎么会搞成这样呢？更何况批评的对象，居然是自己亲人。孩子们怎么这么不懂事又没感情？

　　父子两边怎么都想不通。

　　看到父子对立，面包老妈一边聆听孩子们的不满，转过身还得安抚老爹的愤怒。调解半天，最后老爹接受了老妈的解释：这只是青少年的叛逆罢了，等孩子长大成熟，会了解父亲的想法。

非洲老妈妈

　　可惜时间并没有化解父子间的文化冲突，甚至让裂痕继续扩大。当老爹顶下面包店，自己当起老板，有能力轻松负担探亲的旅费时，两兄弟完全没有改变想法，说什么就是不肯跟老爹返乡探亲。更糟糕的是，父子间误会还没解决，新的问题又冒出来，差点让整个家庭瓦解！

　　面包老爹的爸爸在他小时候就过世了，留下六个孩子。家里很穷，妈妈硬撑着把六个孩子健健康康带大。老爹离开家乡的时候，妈妈还不到四十岁，身强力壮。辛苦一辈子，随着年纪越来越大，妈妈身体也越来越差，常常生病。面包老爹是家里长子，离开家乡后，照顾妈妈的责任都落在弟弟妹妹身上，这点让他过意不去，一直想把老妈妈接来法国。

之前住的地方小，没有多余房间，现在换了一个大房子，经济情况也比较好，如果再不扛下照顾母亲的责任，实在说不过去。

他跟面包老妈商量过，却碰了一鼻子灰。面包老妈了解老爹的文化，接受他的背景，愿意招待老爹家乡的亲朋好友。至于长期同住，是另外一回事。更何况老妈妈不会说法语，夫妻俩要上班，孩子要上学，根本没时间、没精力照顾老人家。

谈了几个月，无法说服面包老妈，老爹暗地决定用生病当借口，硬将老人家从塞内加尔接到了法国。老爹擅自做主，让面包老妈很生气，但看到满脸病容的老人家，只好忍住。既然是来治病，先将健康问题解决吧。

老爹带老妈妈到了医院，做了详细的全身健康检查。老妈妈根本没什么大病，只是年轻时过度操劳，没好好休息，现在年纪大了，难免会这里酸、那里疼的。为了让老妈妈安心，医生开了一些常用的维他命和消除疼痛的药膏而已。

不知道是心理作用，还是法国药膏特别有效，从医院回来不久，老妈妈简直像换个人似的，全身充满活力。每天早上先在膝盖上抹点药膏，再吃下两粒医生给的药丸子，老妈妈拎着菜篮健步如飞上市场。老爹一家人又惊又喜，只是喜悦没有持续多久，生活上的副作用倒是出现了。

面包老爹的妈妈是那种典型的非洲妈妈，个性非常开朗活泼，喜欢交新朋友。到法国两三个礼拜而已，上几趟市场，认识了一些塞内加尔同乡，同乡介绍又牵线，一转眼老妈妈交了一大群朋友。

在同乡面前，老妈妈年龄最大，讲话最有分量。再加上天性乐于助人，只要朋友有心事、有家庭纠纷，她乐于帮人排解。

没过多久，老爹家出现川流不息的访客，通通都是老妈妈的朋友。当面包老妈下班、孩子们下课后，家里挤满了人。老妈妈坐在客厅里，安慰失意的朋友；不认识的面孔，在厨房里准备辣死人的家乡菜；甚至连厕所，都要排队才能使用。

看到自己的家变成嘈杂混乱的市场，面包老妈再也忍不住，给老爹下了最后通牒。看到老婆气成这样，老爹没有采取任何补救措施，一心以为帮助朋友同乡是理所当然的。当年的他刚到法国时，得到很多同乡帮忙，现在有能力回报，为什么不做呢？更何况看到年迈的老妈妈痛快开怀，他就觉得老婆是小题大做。

小吵大吵不见效，面包老妈收拾行李，带了两个孩子搬出去。起初，面包老爹当是女人闹脾气，懒得理会。一个礼拜过去、一个月过去，面包老妈跟孩子居然没有回来。孩子的妈曾打过电话，老爹完全没有妥协的意思。直到面包老妈开始办理离婚手续，才把面包老爹吓到了。他怎么也没想到，事情会搞到这种地步。

左右为难时，老妈妈对法国生活腻了，她想念村子里老邻居、老朋友，又担心家里养的鸡、院子里种的菜。法国生活不是不好，有好医生有新朋友，但总有些不对劲的地方。就拿食物来说吧，法国青菜长得又美又漂亮，却总比不上家乡的清脆新鲜；法国的鸡呢，骨头小肉也多，就是没有自己养的土鸡好吃。更重要的，老妈妈最喜欢的辣椒炒肉末，居然找不到搭配的香料、合适的辣椒。

想念啊想念，老妈妈决定回家。收拾了行李，又叫儿子添置了不少药膏和药丸子，老妈妈高高兴兴地离开了法国。老妈妈一走，老婆和孩子当然就回家了，一场眼看即将爆发的婚姻危机，轻轻松松地化解了。

危机化解，但从此"非洲"成了全家的禁忌话题。老爹每隔两三年还是会回去探亲，不过就他自己一个人而已。

家族的荣耀

自己一个人返乡，应该没问题吧？唉，情况更严重了。

今年年初，老爹又回家乡探亲。每次回去，亲友们问起老婆孩子，老爹都会随便找理由遮掩过去。这一次也不例外，老爹做了简单报告：老婆退休了，为了让他安心探亲，留在法国照顾面包店；儿子呢，从烹饪学校毕业后，一个当了面包师傅，另一个专攻点心蛋糕，都在大城市工作。

几岁了？结婚了吧？老爹的弟弟顺口问了问。当亲友知道老爹的两个儿子居然还没结婚，也没有女朋友，简直吓坏了。按照家乡传统，二十出头的男人就该结婚生子，老爹的大儿子都快三十岁了，既没结婚也没女朋友，真是丢人啊！亲友们东一句、西一句地提醒与关心，老爹难过极了。

　　自己是面包师傅，了解这行的辛苦，尤其交女朋友更是难上加难。做面包点心的，当别人还在熟睡时，他们已经累得满头大汗；到了晚上，年轻人要去跳舞狂欢，他们却得早早上床睡觉。更别说周末假日，这可是他们最忙碌的时候。

　　两个儿子交过几次女朋友，几个月而已，女孩总是找借口分手。每一次他替儿子生气，但两兄弟根本不在乎。现在回到了家乡，经亲友这么一说，老爹真的急了。

　　既然法国女孩子这么不懂事，那就从家乡替两兄弟找老婆好了。这个主意才被提出来，老爹的妹妹、弟媳妇们马上列出几个人选。仔细讨论后，亲友们全体通过，挑选了两个合适的女孩：年轻，工作勤快，而且还会说法文呢。人选确定，剩下的事情就等老爹回法国处理。

　　从非洲回来后，趁儿子休假，一家人团聚的时候，老爹慎重地向全家人宣布家乡亲友的提议：找到了两个很好的女孩，要安排和两兄弟结婚。

　　听到老爹认真的宣言，面包老妈和两个儿子都愣住了。什么时代了，老爹居然漂洋过海替儿子们安排婚姻？母子三人谈也不谈，听也不听，家庭聚会不欢而散。

儿子不接受，老爹可不甘休。这一趟从家乡回来后，觉得自己真的老了，却连个孙子也没有，丢脸又可悲。如果孩子们再不结婚，怎么还有脸回去面对家乡父老亲人呢？他这个家族的荣耀不就成了家族的耻辱吗？

老爹没再提起这件事，老妈和两兄弟当是老爹的"思乡病"发作，没有理会。直到有天，大儿子在市政府工作的朋友问起两兄弟结婚的事，他们才知道，原来老爹私下运作，正在申请家乡女孩们来法国的结婚签证。到了这个地步，儿子跟老爹大吵一架，父子彻底翻脸、完全决裂。

看到父子失和，面包老妈心里难过极了，气儿子对父亲大吼大叫，更埋怨老爹硬要插手孩子的婚姻。打电话到马赛，想要教训儿子，却没人接；想说服老头打消念头，反被指责宠坏孩子。火气上来，老妈什么也不说，收拾行李回阿尔卑斯山的老家去。

老爹的面包店就剩下一个人，他自己一个人。

我离开蒙彼利埃的那天，正好是星期一，老爹面包店固定休息的日子。店门紧紧地锁着，闻不到面包香，也看不到老爹的人影，让我有点小小遗憾。只能暗自替他们一家人祈祷，祈祷这场家庭文化暴风雨能平静地、安全地结束。

故事里的菜单

失而复得的面包

写完面包老爹的故事后，就再也没有老爹的消息。意外地，两年前居然"遇见"了老爹的大儿子罗伦。

我跟罗伦根本不认识，他留着一头长发，长得跟法国知名网球选手诺阿很像。尽管只在老爹的店里见过一次，却让我留下深刻印象。

那天，在法国国家电视台一个介绍巴黎美食的节目里，居然看到了罗伦，长发剪短了，帅气的五官完全没变。罗伦获得法国面包师傅比赛的头奖，电视台特别为他做了个专题报道。节目里，罗伦除了介绍棍子面包的做法外，也谈起面包师傅这个行业的辛酸与乐趣。记忆中的罗伦挺害羞沉默，现在却成了有名的面包师傅，个性似乎没有改变多少。

节目最后，采访的记者问到罗伦吃过的最棒的棍子面包，他想也没想就回答，说自己在面粉堆长大，是父亲带他走上这条路。

记忆中，父亲总是汗流浃背，待在热气腾腾的厨房准备面包。对他来说，最棒的棍子面包是他父亲做的。

这几年没有他们的消息，面包老爹家的那场文化风暴到底如何解决，我不知道。不过听到罗伦诚恳的心里话，还有他如此杰出的工作表现，我想面包老爹应该很骄傲。

关上电视后，罗伦和面包老爹的故事让我想起一个很平凡、很有家庭味道的面包食谱。

再好吃的棍子面包，也经不起时间的考验，吃剩的面包放到隔天，鲜度和口感完全不同。要是没有适当遮盖，甚至会变得又干又硬。

幸好老一辈的法国人舍不得丢弃食物，把长长的老面包切成一个个小圆片，再沾上甜蜜蜜的牛奶鸡蛋汁，一点点奶油、热热的锅子、适中的火力，每一面短暂细腻煎熬后，焦糖的甜味、金黄的色泽会慢慢散发、浮现出来。用铲子轻轻盛在盘子里，不需要任何装饰或调味，老旧干涩的面包转眼就成了香甜可口的点心。

这道法国家庭点心有个浪漫又贴切的称呼：失去的面包（Pain Perdu）。只是美食传到国外，改成了用新鲜的吐司来做，失去珍惜食物的原意，甚至还被取了个很没创意的新名字：法式吐司。

有机会、有时间，试着做做看吧。隔夜的棍子面包、硬吐司都行，打上一颗蛋，加上几勺糖和半杯牛奶，只要短短几分钟，失去的面包就可重新上桌。

　　不管是食物还是人与人之间的关系，失而复得后，都一定要好好珍惜啊。

伤心的红萝卜 Tristes carottes

　　我不挑食，各种生鲜蔬果、鸡鸭鱼肉来者不拒，除了那可怕的红萝卜。小时候吃过几次，不管是生的熟的，红萝卜那种独特的味道让我害怕，怎么也吞不下口。每次看到有人拿着生红萝卜大口大嚼，总让我全身起鸡皮疙瘩。

　　长大后到欧洲旅行，听人说，那里的红萝卜味道比较清甜，但就是没有尝试的勇气。直到几年前，在巴黎朋友家吃饭，一个意外状况让我克服了对红萝卜的恐惧。现在不但能够生食，甚至还常吃呢。

　　克服多年的恐惧固然高兴，只是朋友家的那顿晚餐，背后却是一个女人伤心故事的开端。

在我的朋友中，卡洛琳和文森是大家公认的完美伴侣。两人在一起生活快十年，没有婚姻那张证书，也没有生养孩子的打算。像是结婚多年的老夫老妻，一句话、一个眼神，就知道对方的想法。更像多年好友，彼此无话不谈。

两个人都是农业工程师，一起去过越南、柬埔寨、泰国，参与过一些农业发展计划。在亚洲工作七八年后，几年前，不约而同地接到回巴黎工作的机会。新任务没有海外实地工作的成就感，却能接触到更高层面，直接与法国政府、欧盟，或其他国际大组织商讨合作计划。对从事救援发展工作的人来说，是不可多得的机会。

卡洛琳和文森是那种很自然、随性、不拘束的人，我是在柬埔寨工作时认识他们的。刚开始看到这两个金发碧眼的外国人，穿着旧衬衫、短裤、拖鞋，夹在一群柬埔寨农民里，用不流利的柬语比手画脚，以为是做做样子而已。等彼此熟识后，才知道他们很认真，在田野中跟农民直接接触，是他们从学生时代就种下的梦想。农村简陋的生活条件，他们俩甘之如饴，一做就是好几年。

巴黎的那两份新工作，他们犹豫好久。两人想了又想、谈了又谈，过了好几个礼拜，最后很不舍、很为难地做出决定，决定回法国接受新挑战。

卡洛琳的新工作是在一个国际大组织，担任亚洲区农业发展计划的执行助理。除了巴黎总部外，有一半时间得去亚洲好几个国家监督执行进度。至于文森，在一个法国农业发展组织负责行政作业，机构规模不大，却相当有名气，负责人是个很有声望的农业专家，在非洲有好几个农业改革计划。文森对非洲农业不熟悉，寄望借由这个新工作，增加对非洲土地的了解。

　　两个人依依不舍地，告别了生活简单的柬埔寨，重新回到久违的法国社会。起初，他们对巴黎新生活有些适应不良，快速的步调、昂贵的物价、拥挤的街道，让人喘不过气。不过，从他们寄来的电子邮件中，看得出来两人对新工作抱着相当大的期待。

　　我家法国人跟文森、卡洛琳是农业学校的同学，认识快二十年了。或许是个性关系吧，从他们回巴黎后，我家法国人专门和文森联系，我则是卡洛琳的忠实电子笔友。

　　他们男人通信的内容，谈的都是工作上的问题。至于我和卡洛琳，沟通内容广泛多了，从美食、文学、电影到生活里的大小事，无所不谈。卡洛琳因为工作关系，固定会去柬埔寨、老挝、越南出差，每次一出门就是几个礼拜。工作上碰到的人与事、旅行中看到的景与物，卡洛琳会仔细写下来，加上文笔又好，每次收到她的邮件，就像阅读一篇篇旅游手记。

对卡洛琳，除了个性相投，我几乎是抱着崇拜的心理仰望她。工作上有自己一片天空，爱情上又有个相知伴侣，两件事搭配得这么完美，没有任何冲突，简直是电影里、小说中才会有的虚幻情节。

卡洛琳接下新工作时，我曾私下问过她：会不会担心和文森这种聚少离多的新关系？听到我的问题，她先是开口大笑，笑我这种陈旧的男女关系看法。接着说，和文森在一起都十年了，不需要整天腻在一起来维系感情。

卡洛琳的反应很法国，三四十岁的女人一边享受爱情，一边在工作上冲刺。那种黏在男朋友身边，紧追盯人的爱情模式，对卡洛琳来说是老祖母时代的做法。

听到她那么自信的答案，觉得自己真的落伍了。的确，多年的感情不会因为分开几个礼拜就出问题。只是再多想想，心里又起了个问号：两个人刚展开新工作新生活，如果能有对方的支持和鼓励，会不会比较顺利呢？

卡洛琳

我的担忧，果真一年后出现。从文森写来的电子邮件中，看得出来，那份新工作让他沮丧。文森的老板在专业上令人敬佩，对行政工作和人事管理却非常外行。最糟糕的是，他疑心很重，无法放心将工作交给文森，机构大小事情都得向他报告。

文森很努力，不断试着和机构负责人沟通，想要赢得他的信任。可惜一年过去，什么都没改变，唯一变的，是文森对新工作已经心灰意冷。

　　跟文森处处被牵制的状况比起来，卡洛琳简直如鱼得水。她那几年在柬埔寨、越南的田野工作经验，还有在当地建立的人脉关系，对新工作有很大帮助。同样一年时间，工作成果超出预期，她的表现让负责主管相当惊讶。在主管极力推荐下，卡洛琳从区域助理升为亚洲区的计划负责人。

　　天壤之别的遭遇，是当初他们俩没有预料到的。卡洛琳看到文森受挫，自己心里也不好过。她鼓励文森换工作，文森的确也试过，联络好几个机构，寄了履历表，结果却让人失望。考虑巴黎昂贵的生活条件后，文森只能颓丧地继续待在原地。

　　在卡洛琳要求下，我们趁回法国休假的机会，特地跑了一趟巴黎，探望文森，替他打气。卡洛琳刚去柬埔寨和老挝出差，文森在他们巴黎小公寓里接待我们。老友重逢很高兴，但看得出来文森没有往昔的飞扬神采。不管谈什么话题，一副有气无力的样子，更别提工作了，他什么都不想说。

　　看到文森变成这副模样，让人难过。那次短暂会面后，文森就像断了线的风筝，我家法国人写了几封邮件给他，都没有回音。卡洛琳那边，新的职务让她更忙，出国更频繁，再也没时间给我写那种长篇的工作手记了。偶尔，她会写个小小邮件告诉我们，到了哪里，又做了什么新的计划；偶尔，信里会提到文森，替他担心，却无能为力。

直到去年我们回法国休假，住在诺曼底的公婆家时，居然接到了文森的电话。电话里，文森的声音显得很愉快，他是从另一位朋友那里，知道我们回来的消息，先为自己的销声匿迹道歉，接着邀请我们到巴黎小聚一番。

约定时间到了，我们特地跑了一趟巴黎。按了门铃，开门的不是文森，是个留着长发的亚洲年轻女人。以为走错楼层，我们正准备道歉离开，文森出现了，很热情地招呼我们进到屋子里。

经文森介绍，才知道这个亚洲女人是越南人，刚到法国不久，和哥哥嫂嫂一家人住在隔壁公寓。她不太会说法文，在附近超市、面包店买东西时，几次听不懂价钱，都是靠文森解围。文森在越南工作过两年，越南话说得还不错，两人就这样熟识起来。

越南女人有她的越南名字，为了融入法国社会，文森很热心地帮她取了个法文名字。巧合啊，新名字居然也叫做"卡洛琳"。

当文森坐在客厅里，向我们解释他和越南卡洛琳相识的故事时，安静的越南女人在厨房里切切洗洗，准备晚餐。看她对厨房的熟悉程度，我有点惊讶，心想她应该常来文森的公寓吧。

趁文森去厨房拿开胃酒菜的时候，我什么话也没说，只跟我家法国人交换了一下眼神，从他的表情看得出来，他对文森和这个越南女子的关系也有些疑问。

那天晚餐是越南卡洛琳准备的，有炸春卷、凉拌牛肉沙拉和一道炒粿条。越南卡洛琳手艺非常好，但我心里摆着个大疑问，那顿饭实在吃得不自在。至于文森，从头到尾兴致高昂地谈天说地，好几次还用轻松的口吻，提起疑神疑鬼的老板、束手束脚的工作。他态度的大转变，简直让人不敢相信。是豁然开窍，还是什么事情改变了他？

整顿晚餐越南卡洛琳几乎沉默不语，除了偶尔文森会把我们的交谈简略翻译外，大部分时间越南卡洛琳静静坐在一旁，帮我们夹菜倒酒，收拾桌上餐盘。如果是在柬埔寨或越南，我们会开心接受这种招待。身在巴黎，而且还是法国卡洛琳一手布置的公寓里，却接受越南卡洛琳的款待？怎么想都觉得奇怪。

相反，文森似乎很享受这一切。

袖手旁观

就在晚餐快结束时，文森手机突然响了起来，是卡洛琳，法国卡洛琳打来的。由于突发意外，卡洛琳提早结束在菲律宾的工作，明天晚上就回巴黎。当文森告诉她，我们正在家里吃晚餐时，卡洛琳非常高兴。大家好久不见，电话中卡洛琳约了我们后天晚上在家里吃饭。

挂上电话，文森若无其事继续刚刚的话题，我们反而有些尴尬，被这个突如其来的邀约弄得不知所措。卡洛琳知不知道越南卡洛琳的存在？他们真的只是单纯邻居关系吗？如果文森和越南卡洛琳有暧昧牵连，我们该如何面对好友呢？

带着满脑子猜疑，结束了那天晚餐，越南卡洛琳含蓄地跟我们道别后，立刻进厨房收拾善后。文森陪我们下楼，走到附近地铁站搭车。

一路上，以为我家法国人会开口问文森，问他和越南卡洛琳的事。结果两个男人继续聊着工作上的事，让我好气好气。刚刚在文森的公寓里，越南卡洛琳在旁边，有些话不好说。现在就我们三个人，为什么不能谈呢？

越想越生气，一进到地铁站，文森刚离开，我火气就爆发了。身为老同学、老朋友，为什么不问问文森和越南卡洛琳的关系呢？我家法国人无可奈何地说，这是私人感情问题，就算老朋友也不应该插手。

没错，感情问题外人不应该介入，但是身为文森和卡洛琳的朋友，如果文森真的感情出轨，我们现场目击，却瞒着卡洛琳，会不会成了共犯？如果换成我是卡洛琳，所有朋友都知道文森的新恋情，只有自己被蒙在鼓里，我会怎么想呢？

又气又不安，想了两天，还是没答案，只有硬着头皮去赴约。

心虚的红萝卜沙拉

再次回到老地方，这回来开门的是卡洛琳，法国的卡洛琳。一见面，她兴奋极了，亲热地把我们搂在怀里。我们开心却安不下心，像做错事的孩子，怕被大人发现闯的祸。

卡洛琳完全没有看出异样，拉着我们在客厅里说个不停。至于文森，打过招呼后，就在厨房和客厅来来去去，准备酒菜。今晚的他，显得特别安静。

东拉西扯，聊了将近一个小时后，卡洛琳才起身宣布用餐，我们帮着准备刀叉、杯子、餐巾。弄妥后，卡洛琳从厨房里端出一只烤鸡和一大碗刨成丝的红萝卜沙拉。她向我们道歉，说时差关系累得没办法亲自下厨。烤鸡是从外面买来的，她唯一做的就是那一大盆红萝卜沙拉。

说真的，吃什么不重要，能和老朋友碰面就够了，我们的回答让卡洛琳松了口气。四个人围着桌子坐了下来，文森用长长的刀开始切割鸡肉，卡洛琳拿起大汤勺，啪的一下，在每个人的盘子里添上一大匙的红萝卜沙拉。

虽然跟卡洛琳、文森认识好几年，但他们不知道我对红萝卜的恐惧。看到卡洛琳快乐的模样，我实在不知道要怎么拒绝，接着文森叉起一只大大的鸡腿，放到我的盘子里。

很喜欢吃烤鸡，尤其是鸡腿，但实在拿不起刀又切下去。要怎么解决盘子里这堆可怕又讨厌的红萝卜呢？就在为难的时候，卡洛琳突然想起来，文森很讨厌下厨，就问我们，前天我们碰面时，他不会也是买外带的烤鸡吧？

卡洛琳微笑地等着我们的回答，让我心慌意乱。如果说出实情，会不会让卡洛琳吓一跳？心虚地偷偷瞄了瞄我家法国人，或许他能找借口敷衍过去吧？谁知道他居然拿叉子，叉起红萝卜沙拉放进口中。法国有个餐桌习惯，嘴巴装满食物时不应该说话。看到我家法国人的举动，当然明白他的诡计啦。这时候卡洛琳很自然地将眼睛转向我，等着我开口。

天啊，该怎么办？不想说谎骗卡洛琳，又怕真相伤害了她，怎么办？想了一秒钟，看着眼前那堆恐怖的、橘红色的、细细长长的植物，真的没有退路了。我咬了咬牙，硬生生将一堆红萝卜塞进口中！

看我们没有回话，卡洛琳将问题抛给文森。只见文森若无其事地，用比萨生菜沙拉应付卡洛琳。听到文森的答案，卡洛琳松了一口气，话题转到了她在菲律宾的新计划。卡洛琳兴致高昂地说着，我呢，根本听不进去，整个脑袋只想着刚刚文森说的话。他没有说出越南卡洛琳的事，想必应该不只是单纯的邻居吧?

想到这里,我气文森、气自己,联合起来欺骗卡洛琳。气归气,又能怎样呢?就像我家法国人说的,感情的事外人如何插手?

越想越气,毫无意识地我将红萝卜不断送进嘴里。说也奇怪,吃第一口时,害怕到完全尝不出味道。慢慢吃下来,才发现在醋和盐巴的调和下,红萝卜特殊的怪味几乎消失了。留在嘴里的,是那种自然新鲜的甜味。

这个新发现让我很惊讶,把不安的情绪暂时忘记,将注意力转移到红萝卜沙拉上。那天晚上到底吃了多少红萝卜,已经忘了。告别后,再也没有他们的消息。或许是愧疚吧,我们不敢主动写邮件联络,怕听到不好的消息。

该来的,总是躲不掉。半年后,卡洛琳,法国的卡洛琳从泰国寄了一封简短电子邮件,揭开了我们的不安。那晚我们离开后,文森就把越南卡洛琳的事情说了出来,越南卡洛琳怀孕了。

实话和真相让卡洛琳愣住,无言以对。为了一个怀孕的女人,文森愿意放弃两人多年的感情?最让她不解的是,一直不想要孩子的文森,居然改变想法。卡洛琳想不通,也不能接受这个事实,拿起还没打开的行李,当晚就离开了文森,离开了他们的家。

卡洛琳真的这么潇洒，这么不在乎吗？在她那封电子邮件最后，记得她是这样写的：

"从没想到，十年感情可以说断就断。我对他的信任，换来一场背叛。"

看到这封简短却带着丝丝恨意的信，心里很难过。我可以想象，卡洛琳是在什么样的心境下写出这封信的。当初那个对感情看法很先进、很有自信的卡洛琳，居然成了脆弱伤心的女人。感情这个东西，谁能说得准呢？

那天晚餐，我做了红萝卜沙拉。

故事里的菜单

变色的红萝卜沙拉

卡洛琳跟文森分手后，文森偶尔会寄封电子邮件来，讲讲他的近况。越南卡洛琳生下孩子没多久，他们俩搬去越南定居。文森改行了，成了一家法国公司在越南的商务代表。现在的他，已经是三个孩子的爸爸。

至于法国卡洛琳，辗转从其他朋友口中，知道她仍在同一个机构上班，职位越来越高，责任越来越重。很替她高兴，我却没有勇气跟她联络。直到前一阵子回法国探亲时，居然在巴黎歌剧院旁的超市跟她碰面。

那天天气很热，我刚从美术馆出来，口很渴，干脆走进附近的连锁超市吹点冷气，顺便买瓶水解渴。一进去，就看到卡洛琳拿着超市的塑胶篮子，正在采购食物。

意外重逢让人高兴，我们站在超市的冷冻食品柜旁，交流近况。几年没见，卡洛琳越来越漂亮，神采飞扬地跟我讲述她的工作，说刚从非洲出差回来。卡洛琳想约我吃顿饭，好好坐下聊聊，只是隔天我就要离开法国，当天晚上又抽不出时间。聊了好一会儿，又交换了彼此的新电话号码，才依依不舍告别。

分手前，不经意瞄了一下卡洛琳手上的塑胶篮子，里面都是小份的食物、小包饼干、小罐果酱。她应该还单身吧？在篮子最底下，居然是一小盒已经调好味的红萝卜沙拉。

法国超市的熟食区，都有卖这种现成的红萝卜丝沙拉的，只要打开，就可以直接食用。很方便但味道很人工，完全没有新鲜蔬菜的清爽口感。

在我记忆中的卡洛琳，对蔬菜特别在乎，就算再累再忙，还是会花时间清洗蔬菜，亲自下厨准备。看到她篮子里那盒色彩过度鲜艳、近乎虚假的红萝卜沙拉，我什么也没说，给了她一个热情的拥抱后，就这样分手了。

转身的那一刹那，我回忆起卡洛琳当年做的那道红萝卜沙拉：刨成细丝的红萝卜，淋上一点橄榄油、新鲜的柠檬汁，撒上盐巴搅拌均匀就成了。

往事让人伤心，红萝卜沙拉却有益身心。

中国医生

Dr. chinois

"在家禽类里，没有任何动物像公鸡这般骄傲、如此警觉、那么勇敢。"

"骄傲，只要看它在成群鸡妾前，抬头挺胸走路的模样，简直不输给孔雀；警觉，让它从不赖床、不昏头大睡，在凌晨时分把人们从被窝里叫醒，督促他们工作；勇敢，在历史故事里，我们都听过那只勇敢的公鸡，面对万兽之王的狮子，不畏惧也不害怕。"

谁能对公鸡有如此生动的描述？法国文豪大仲马在他编写的《大仲马美食词典》里，留下了对公鸡的传神写照。

第一次听到路卡说起"那个中国医生"的事，并没有特别留意。路卡在亚洲和非洲做发展救援工作十几年，到过不少落后地区和国家，光是他的经历就够精彩。后来在不同场合中，总听到路卡提起"那个中国医生"，我忍不住问他：

"你跟那个中国医生，到底在一起工作多久？"

"嗯，那是我大学最后一年的实习阶段，总共……七个月。"

路卡扳起手指，很认真地计算。

"才七个月？他这么让你念念不忘吗？"

我的口气嘲笑成分居多。

"哦，他啊……让人难忘啊！"

路卡正经的表情让我有点惭愧，基于歉意，礼貌地请路卡告诉我那个中国医生的故事。

路卡是个说话挑重点、用词精简的法国人，短短几分钟就把中国医生的故事描述完毕。原本只是抱着打发的心态，听听故事罢了，想不到他那几句话挑起了我的好奇心：如此奇特的人物，我这辈子还没见过呢。不想错过这个有趣的人物，我强留路卡在家里吃午饭，我边吃边问，他边吃边答。

这顿饭吃到黄昏才结束，路卡被逼问到两眼无神，反过来恳求我不要再问了，他已经把所有中国医生的记忆通通清理出来了。看着两大张写得满满、画得满满的纸张，路卡累得想走人，说实话我也不想多留他，只想赶快打开电脑，把这个故事写下来。

医生爸爸

称他"中国医生"有点言过其实：爸爸是中国人，妈妈是法国人，中国医生生在法国、长在法国，不单没到过中国，就连中国话都不会说。唯一确定的，是他的中国姓氏和东方模样的脸孔，很多被治愈的病患，干脆就直接称呼他"中国医生"。

医生的爸爸来自中国南方，上世纪三十年代末期，家乡生活困苦，年轻力壮的医生爸爸和另外两位好友，打定主意到海外讨生活。目的地是哪里，他们不知道，只能边走边看。

搭上船，停靠了几个港口，漂洋过海尚未结束，一个伙伴就死在旅途中。好不容易抵达了欧洲大陆，两个年轻人面对令人彷徨的未来，不知道要往何处走。

最后，医生爸爸选择法国，在巴黎待了下来，他的伙伴继续北上，到了荷兰才落脚。两个中国人在两个欧洲国家，各自开始新的生活。到荷兰的那个朋友做起小生意，运气还不错，几十年下来生意越做越大，成了荷兰有名的商人。

在巴黎的医生爸爸运气差多了，替人打杂工十几年，好不

中国医生　　　　　　　　　　　　　　　　　　　039

容易四处凑钱开了个小餐馆，生意不好不坏，离发财远得很呢。幸运的是，医生爸爸认识了一个法国女孩，两人相恋后共组家庭，还生了两个孩子，中国医生和他的妹妹。

医生爸爸没能像荷兰的好友，做生意发大财，儿子是他扬眉吐气的希望。两个孩子里，女儿不会读书，反正将来是冠别人的姓，医生爸爸没抱多大希望。相反的他的儿子，从小到大学业出色，高中毕业后轻而易举申请到法国最有名的医学院，让医生爸爸十分得意。在那个年代能够进入医学院，等于是给未来打造了金饭碗。

中国医生没让父母失望，他努力地读书，顺利地毕业，理所当然地进到了巴黎一流的医院工作。医生爸爸的小餐馆生意没起色，却终于可以抬头挺胸了。骄傲之余，心里开始盘算着：儿子什么时候结婚，生子？继续传宗接代的大业。

安排自己的人生容易，插手别人的生活好像不是那么简单。医生爸爸失算了。

中国医生没有结婚，也没有为家里传宗接代，医生爸爸怎么也想不通。有一天，中国医生在他人生黄金年代、事业起飞阶段，突然辞去工作，带了简单行李，离开了医院，离开了法国，离开了医生爸爸漂洋过海辛苦打造的家。

中国医生去了非洲大陆。

穷山城的医疗小站

同样年轻力壮、同样漂洋过海，中国医生选择了和爸爸截然不同的人生方向。医生爸爸想要摆脱苦日子，从中国跑到了法国；中国医生却心甘情愿地过苦日子，从欧洲跑去了非洲。他想要寻找什么？追求什么？没有人知道。不管家人、外人怎么想、怎么看，非洲成了他人生的新起点。

中国医生到非洲，绝不是莽撞的决定。在医学院实习阶段，他曾经到非洲几个落后地区担任医疗队义工。其中两个月是在扎伊尔，也就是现在刚果民主共和国的一个山城小医院工作。在有限人力下，中国医生除了照顾医院病人外，每周还得巡回不同村落，为村民看病。

那个山城什么都没有，没水、没电、没公路，去附近村落看诊，唯一的交通工具就是两条腿。每逢下乡巡回的日子，中国医生拎着医疗包，带着简单器材和基本药品，在黑人助理陪同下，"走"到附近的村落为村民看病。

说是附近村落，其实一点也不近，随手一指都有十几、二十公里的距离。一天下来，走个三四十公里路是家常便饭。奇怪的是，从巴黎来的中国医生一点也不觉得苦，反倒把每天的路途当作登山健行，沿途欣赏风景。

在他当义工"行"医的这段日子，偶然机会中，在一个偏远山区发现了一个荒废的医疗小站。那是多年前扎伊尔属于比利时殖民地时期，一个比利时宗教机构建造的。建筑物本身还坚固，可挡风挡雨，附近又有好几个村落，居民人数还不少。要是能重整医疗小站，可以惠及不少人。

中国医生把这个想法牢牢记在心上，带回了法国。当他医学院毕业，开始在医院工作时，悄悄地为心里的那个念头做准备：重建山区医疗小站。

重建的工作不是中国医生能独自完成的，需要钱、需要物资，还需要人力支援。他写了重建计划，接洽了好几个国际大型组织，最后有个机构接纳了他的想法，双方花了一段时间沟通。等一切备妥，他才辞去医院工作，告别家人，重新回到了扎伊尔。

纸上作业容易，实地运作困难重重。医疗小站重整计划第一步，就碰到了大问题。

医疗小站位于山上，距离最近的城市和公立医院有五十公里远。这段路程只有十公里是柏油路，其余都是烂泥路。加上这个地区处在赤道带上，每天总会下点雨，四十公里的烂泥路怎么也干不了。就算开着最好、最棒的四轮传动越野车，也得花九个小时才走得出去。要是碰上急诊病患，必须送去城里医院开刀，九个小时的山路简直急死人！

中国医生只得暂时放下医疗包，先修路。他领着一批工人，在烂泥路上铺满石头，接着又在路两旁挖了排水的沟渠。路是修整好了，但每天下雨，山上滑落的烂泥立刻又把排水沟阻塞，还得另外安排人力定期清理。中国医生将四十公里的路分成五段，交付给各路段居民，负责排水沟清理工作。

说得容易，路是公用的，谁会愿意每天花时间、花体力，去清理公路的烂泥呢？如果没有金钱补贴，没人会自愿做苦工。

从法国募到的经费得花在医疗活动上，无法移做他用。脑袋转了半天，中国医生看到山上的居民种了不少农产品，却碍于交通工具问题，无法销售到大城市。他决定把医疗站唯一的车子，拿来兼做货运车，替村民将农产品运送出去。相对的，村民得支付运输费用。

这笔运输收入除了支付油钱、司机的人事开销外，剩下的就是那四十公里石头路的人工维护费用。

有了硬硬的石头路，九个小时的路程一下子缩短到三小时，所有医疗站需要的物资很快送进来。没多久，医疗小站的建筑物修补好，医疗器材也添购完成。这时候新的问题又来了，医疗站除了医生外，还需要护士、药剂师和洒扫清洁的工人。目前虽有外国机构资助，但毕竟不是长远之计。看病本来该付费的，只是这里贫穷的村民没几个人付得起医疗费，该怎么办？未来医疗小站要是没有资金，就请不起工作人员，又该怎么办？

这个山城是个穷地方，土壤却相当肥沃，农产品长得又好又快。在中国医生来之前，已经有外籍神父和修女在那里建了教会传教。修女们种了咖啡、蔬菜，神父们养了牛，挤牛奶做乳酪，生活自给自足。

仔细思考后，中国医生决定跨行，先从法国找来一位热带农业专家，在专家协助下开辟了农田，种了咖啡、山芋和治疗疟疾的奎宁，之后再转手租给村民种植。在医疗小站旁，中国医生又开了一个商店，专门收购村民的农产品。大家有固定收入，就有能力支付医疗费了。

当医疗小站大大小小、里里外外的事情安顿好，已经是十年后的事。十年的时间如果用来生养孩子，家庭生活恐怕忙得不可开交；十年的时间如果用在巴黎医院，也该挣个不小的头衔；十年的时间凭医生的待遇，有能力在巴黎买栋舒服宽敞的公寓。

十年的非洲生活，中国医生还是一个人，住在那没电、没自来水、没高楼大厦的山城里。一个什么都没有的医生，却在那个医疗小站创造出奇迹：内外科兼用的诊疗室、专门接生的妇产专科、外籍义工宿舍兼办公室、简单的员工宿舍、农产品收购站、裁缝教室、四十公里的石头路，外加满山遍野的农田。

当初那个热血青年也步入了中年，人生的不惑之年。

那只叫做"友善"的公鸡

济世救人的医生似乎该有神圣的外貌，更何况是个大医院出身，抛弃名利来非洲救人救命的医生。这一点，从中国医生的身上完全看不到。

要怎么解释呢？几位和他共事过的外籍义工，肯定他在医疗技术上的表现，但谈起医生的为人处世，大家共同的看法是："他是个很特别的人。"

医疗小站处在扎伊尔、卢旺达和乌干达交界的山区，是个幅员广阔的原始丛林，没有任何开发，野生动物种类非常多。既然被称为医生，很多村民会把受伤的、生病的动物带到中国医生家里，让他治疗。

几年下来，中国医生救了不少人，也养了不少动物，黑猩猩、野鹿、鹦鹉，数不胜数。其中最出名的，就是那只叫做"友善"的公鸡，所有在医生家住过的访客，都体验过和一只公鸡同居的滋味。

被中国医生取名"友善"，因为它真的很友善，从不给主人惹麻烦，对上门的客人或半夜敲门的病患也很亲切，绝不会乱啄人。友善的个性很独立，每天自己在花园找虫吃，不需要人喂养。

友善最让人印象深刻的地方，是它有规律的生活作息。医疗站位于赤道地带，每天清晨五点日出，下午五点日落。天亮准时报晓的公鸡很多，一点也不稀奇，但每天下午五点准时回家的公鸡，恐怕只有友善。

只要太阳一落下，在外闲晃的友善就会乖乖地进到家里待着。隔天清晨五点，天色才刚亮起来，友善立刻起身高喊，咕咕咕……然后出门讨生活。中国医生对所有动物都采取放任态度，没给任何训练。友善为什么生活这么规律，没有人知道。日子久了，山城里大家都认识友善，也很喜欢它。

友善很善良，但身为一只鸡摆脱不了短暂的生命期。某天清晨五点，它喊也没喊，安静地闭上了双眼。中国医生救人救命，却挽不回友善的小命。谈不上悲伤，但突然少了友善，中国医生还是有点伤感。他拿起笔写了封信，邀请一位熟识的神父，请他来家里为友善举行葬礼仪式。信封外，中国医生还用黑色的笔，慎重画了个黑色的十字架。

神父跟友善也很熟，对它、对信徒一视同仁。神父来了，在中国医生家的院子里，神父很慎重地为友善的遗体做了告别仪式。

仪式结束后，中国医师请神父留下来喝开胃酒。山区物资缺乏，但喝开胃酒的法国习惯，中国医生仍旧维持。开胃酒过后，眼看天色已晚，中国医生说服神父在家里用餐，神父也欣然接受。

中国医生自己不会做饭，却有个好厨师雷蒙。雷蒙住在医疗小站旁的村子里，刚来的时候，只会做当地食物。在中国医生口头指导下，法国菜和中国菜倒也做得有模有样。那天晚上，雷蒙知道神父要留下来用餐，手脚利落地摆好了刀叉餐盘，然后慎重请大家入座。

桌子中央，已经摆着一个热腾腾的锅子，锅盖紧紧盖着，浓浓的肉香味还是慢慢散出来。在中国医生示意下，雷蒙一把将锅盖掀开，是鸡肉，是刚刚才办完丧事的公鸡友善。中国医生开心地邀请客人动手，神父什么话也没说，什么肉也没吃，端着酒杯静静地喝着。

两人是老朋友，神父领教过多次中国医生的黑色幽默，但这回，神父气得整整一个礼拜没跟老朋友说话。中国医生没解释也没道歉，一个礼拜后又给神父下了一张请帖，请帖上特别注明晚餐的菜色：野猪肉。

神父来了，两人的交情靠着雷蒙精心烹调的野猪大餐又恢复了。

孩子王

中国医生是个不婚主义者，偶尔有爱情关系，从未有结婚念头。这么一个壮年男人生活在穷乡僻壤，日子应该蛮寂寞的。不过中国医生有一群好朋友，村民的孩子、医疗小站员工的孩子，全是他的好朋友。对孩子们来说，中国医生一点也不像医生，反而像是带头搞恶作剧的孩子王。

每天早上，员工的孩子很喜欢跑来和中国医生一起用餐。他特别替孩子们准备法式早餐：面包、奶油、果酱、巧克力牛奶，都是平常吃不到的东西。孩子不光是爱吃，更喜欢中国医生传授的独家面包吃法。首先，每个来到餐桌前的孩子，必须礼貌地要求中国医生为他们备妥早餐。

"你要什么？"中国医生问。

"果酱面包。"孩子回答。

中国医生快速地在面包上，涂了厚厚一层果酱。

"准备好了吗？"中国医生问。

"好了。"孩子回答。

没多说，啪的一下，中国医生拿着果酱面包用力贴到孩子的脸上。头一次看到这样的画面，刚来医疗站实习的义工以为中国医生是虐待狂。仔细看看，每个孩子高兴得不得了，仰着脸小心翼翼地拿起粘在脸上的果酱面包，慢慢地用手指、用舌头，吃着手上的面包、脸上的果酱。

在孩子喧闹声中，中国医生吃着一贯不变的早餐：黑咖啡，配上一块什么也没加的干面包。

除了早餐游戏，中国医生还发明了一种前所未有的变色龙吃苍蝇比赛。山区气候又湿又热，午饭过后，要是没有急诊病患，医疗小站有一个小时午休时间。说是休息，在那种闷热的气温下，没电扇没冷气，根本无法闭眼小憩。医疗小站有柴油发电机，但油料珍贵，发电机只能用在医疗活动上。中国医生身为负责人，跟其他员工一样，没有浪费电力的权利。

　　既然睡不着，总得想办法打发时间吧。在山里，变色龙随时找得到，当地人很怕变色龙。根据传说，如果接触到变色龙，皮肤会发炎烂掉。中国医生知道变色龙根本无害，偶然中发明了一个有趣的变色龙游戏。从此午休时间，改成了变色龙游戏时间。孩子们怕变色龙，却喜欢中国医生自创的游戏，于是拿着树枝、木棍，将抓到的变色龙勾着送到医生家。

　　这个游戏很简单，中国医生和外籍义工每人各拿一只变色龙，然后开始寻找猎物：苍蝇。找到目标后，每个人将自己手上的变色龙瞄准猎物，看谁的变色龙可以伸出长长舌头，先吃掉苍蝇。这个比赛用不到太多脑力与体力，但围观孩子全神贯注的模样，简直不输世界杯足球赛。只要有一方的变色龙先吃掉苍蝇，整个屋子会爆出欢呼与掌声。

　　中国医生也特别喜欢给孩子们取小名，大家都欣然接受。

在非洲，尤其那些穷乡僻壤的村民，没受过什么教育。生了孩子后，不知道如何取名字，干脆从日历上找灵感，结果有的孩子叫"国庆日"，有的是"清明节"。看着活蹦乱跳的孩子顶着清明节头衔，实在很沉重。中国医生干脆给每个小朋友，另取绰号。

替孩子们取小名的方式，跟中国医生另类的个性很相似。明明是瘦弱的孩子，他取名"小胖子"；安静的小女孩，硬称人家"多嘴婆"；至于老是出错闯祸的，则叫做"艺术家"。

有些时候医生给的小名，山城的村民完全想不通。例如，有个护士给儿子取名"欢迎光临（Bienvenue）"，听起来有点好笑，但也不难听。中国医生不满意这个名字，每次听到有人叫"欢迎光临"的时候，医生总是大声喊着："蒙帕那斯（Montparnasse）。"

疑问悬了好久，中国医生从不解释，直到有个从巴黎来的义工，到医疗小站协助，才解开谜底。原来中国医生在巴黎的家，就在蒙帕那斯地铁站旁，每天听着"欢迎光临蒙帕那斯（Bienvenue Montparnasse）"的报站声。给孩子取名蒙帕那斯，算是替自己解解乡愁吧。

铁打的心

个性看起来疯疯癫癫，但牵涉到工作，医生就像换了个人，一板一眼绝不马虎。医疗小站刚运作时，员工们态度散漫，大家心想，在这个穷地方干嘛要求这么多？中国医生不认同，每项工作都定了严格规矩。要是员工不遵守，会毫不留情开除。

有一次中国医生和司机出外采购物资，回程时司机偷喝了酒，差点酿成车祸，回来后，中国医生把司机狠狠骂了一顿。他不担心自己的生命，是在乎医疗小站唯一的车子要是毁损，所有医疗活动甚至农业行销，通通都得停摆。

司机在医疗小站工作了好几年，大家轮流替他求情，中国医生还是决定将他开除，那是工作人员头一次看到中国医生暴跳如雷。

另一个众所皆知的例子，发生在一个护士身上。是一个年轻的卢旺达女护士，刚来没多久，就变得骄傲自负，以为自己的美貌可以征服中国医生。可惜，中国医生公私生活分得清楚，漂亮的护士永远只是个护士。中国医生对美丽女护士的种种勾引，丝毫不为所动。

过一阵子，美丽女护士偷起医疗站药品，私下卖给村民。不幸在一次行动中，女护士失手，当场被中国医生抓到。美女护士尽力施展女性魅力，中国医生还是把她革职。

在医疗小站的管理上，中国医生一直像个铁面无私的包青天，严格控制各种开销。转身进到诊疗室，他又成了抢救生命的仁医。这两个截然不同的角色，难免会有冲突的时候。

有天晚上，管家雷蒙准备好晚餐，随口向中国医生提起，警卫达比下午开始发烧，人不舒服。中国医生问了问症状，没多说什么，照常吃他的晚餐。到了半夜，有人敲门，中国医生很快起身。是警卫达比，满脸病容站在门口，说身体难受。中国医生立刻把达比带到诊疗室，交给值班护士看护。他没有开动发电机做化验工作，只给了简单的舒缓药剂就离开了。

第二天一早，医疗小站开始运作后，中国医生立刻对达比做了骨髓液的检测。其实前一晚从达比的症状，医生已经猜出是脑膜炎，一种当地常有的疾病。这个病又分两种：一般脑膜炎或急性脑膜炎，两者的分辨得检查骨髓液才能确认。要是骨髓液里没有血丝，是一般脑膜炎，还有治疗的希望；要是带有血丝，是急性脑膜炎，就算送到大医院也是死路一条。

中国医生找了几个男人来，牢牢地抓住了达比，在他痛苦喊叫中，抽取了化验的液体。结果很快出来，达比的骨髓液中有血丝！

看到结果，中国医生只交代护士继续给舒缓药剂。三个小时后，达比死了，他的太太孩子在病房里哭得死去活来。管家雷蒙、医疗站的其他员工也难过得两眼通红。中国医生一句话也没说，继续待在诊疗室为其他病人治病。

医生的工作得和死神拔河，试图从疾病的侵害中，设法为病患多挣取一点生命时间。只是对一个资源有限的山区医疗站来说，这是奢侈梦想。有限的药剂、有限的医疗设备，甚至有限的能源，只能用在还有得救的病患身上。对束手无策的病情，中国医生只能袖手旁观。

十年的医疗站生活，中国医生早就知道，在那种恶劣环境中，死亡是件平常的事。不过那一天，警卫达比去世的那天，他变得很沉默。

挑战

当医疗小站越来越有规模、效率时，却因为邻国卢旺达的动乱，中国医生和外籍义工被迫离开了山城。很多人替他惋惜，中国医生根本没时间伤感，他决定继续待在非洲。在那个动荡不安的时候，他接触到另一个全新的医疗课题，一个几年后在全球引爆的致命疾病：艾滋病。

当时，世界上大部分的人还没有警觉到它的威胁，反而陷入天谴的宿命论里。那时候，中国医生早已经从法国收集了很多资料。被迫撤离山区的医疗小站后，没有花太多时间，他确定了新目标：乌干达，传说中艾滋病起源的地方。

现在，没有人知道中国医生在哪里，是不是还在做艾滋病的医疗工作？或是又有了新的挑战？没有人知道。不过在很多人心里都还记得，"那个中国医生"。

故事里的菜单

友善鸡肉大餐

　　当路卡跟我讲起中国医生这个故事时，我还不懂法文，对法国菜完全外行。等我把这个故事写出来之后，法文已经成了我的日常用语，对法国菜也小有心得。当我重新读中国医生的故事，心里一直在想，中国医生给神父开的黑色玩笑，那顿友善大餐到底是什么鸡肉食谱呢？

　　故事里的友善是只公鸡，在法国菜里，公鸡肉质很硬，烹调起来不容易。我知道的公鸡菜谱只有一种，做法不难，唯一要点是需要时间慢慢炖熬。全鸡切成大小适中的块状，下锅前先用油爆炒蒜末、洋葱丁，逼出香味后放入鸡肉块，再撒点面粉上去，把苍白的鸡肉煎到油亮金黄。法国人不习惯用葱姜去腥，只要浇点烈酒威士忌，点把火烧个几秒钟，酒香就能把肉腥味赶跑。

接下来，只要加点盐巴、黑胡椒调味，再倒入这个特别材料，用慢火炖煮到鸡肉变软、汤汁收干为止。在法国，这个材料随手可得，但在中国医生行医的那个非洲小山城，可成了珍贵食材。谁会用那种东西开玩笑呢？

翻遍家里所有法国食谱，实在找不出其他用公鸡肉做的菜谱。最后我拿起电话，打给好久没联络的路卡。听到我的声音，路卡很意外，等听到我的问题，路卡隔着电话大笑起来。越洋千里打电话，原来是为了一个菜名？等他笑够后，想也不想就把菜名说了出来："葡萄酒鸡。"

葡萄酒鸡？这跟我原先猜测的一模一样。我很好奇，非洲小山城的葡萄酒应该是从法国千里迢迢带去的，中国医生怎么舍得浪费一瓶好酒，捉弄神父呢？我不解地问路卡。

"哎呀，中国医生就是这样啊，不管是行医救人，还是开起玩笑，绝对百分之百投入。那顿替神父准备的公鸡大餐，如果没有用葡萄酒烹调，就煮不出公鸡肉的鲜美滋味。"

隔着电话，我可以感觉出路卡对那顿公鸡大餐回味无穷……

等等，我记得神父动也没动啊，难道——

"是啊，是我跟中国医生把那锅葡萄酒鸡吃光的。"

隔了这么久我终于明白，为什么路卡对中国医生难以忘怀。

小女佣 La petite bonne

在北非摩洛哥，塔吉（Tagine）是菜名，也是容器名称。粗陶土做的圆盘，有点深度，盘里还上了层光亮的釉。

塔吉盘还有个圆圆的、像金字塔状的盖子，只要合上这个高高尖尖的陶土盖，借着集中的热气，可以慢慢将食物在盘里炖熟。

传统塔吉盘受不了瓦斯炉火，所以烹煮塔吉菜时，得蹲在地上，用炭火炉细火慢熬。摩洛哥家家户户都有塔吉盘，菜肴炖煮好后，可以直接端上桌。只要不掀开大盖子，食物可以热腾腾的在盘里保温许久。

当我们搬到北非摩洛哥的时候，我一句法语也不懂。摩洛哥官方语言是古典阿拉伯语，日常生活却是阿拉伯方言和法语。没有迟疑，我立刻报名法国语言中心，认真学法语。

我家法国人因为工作关系，时常出差，我得自己一个人面对很多日常生活的大小事情。因为语言不通，给生活增添很多麻烦。为了提早脱离这种比手画脚的沟通方式，我认真学习，每天除了学校四个小时的课程外，在家又自修七八个小时。

一年后，苦学终于有了回报，我从初级班晋级到了最高的四级班。心里高兴，但相对课程难度也大幅提高。高级班除了指定的教科书外，还得阅读大量的报纸、杂志、小说。在班上二十几个学生里，我是唯一的外国人。其他摩洛哥同学都是高三或大学生，从初中就开始学法文，至少学了五六年，认识相当多词汇。更何况在摩洛哥的方言里，掺杂了很多法文用语。

相较之下，我这个速学速成的外国学生，文法还可以，字汇却相当有限。最让我头痛的就是讨论课，一个礼拜两个小时，辩论或自由发言。每次轮到我说话时，总是吞吞吐吐又结结巴巴。

有一天，又是我最害怕的自由讨论时间，老师要同学们选择一个话题，一个自己认为摩洛哥最应该改进的地方：经济、司法、教育、贪污等，任何主题都行。轮到我，实在为难，到这个国家才住了一年而已，不懂阿拉伯文，很难去评论他们的社会问题。看着老师咄咄逼人的眼神，又没有勇气举手向老师解释我的难处。

想了半天，最后我想到了一个几乎没人注意的话题：小女佣。在我们住的城市，摩洛哥南部的观光大城马拉喀什，经济状况稍微不错的家庭，几乎都有小女佣，大家见怪不怪。

马拉喀什是个很有传统阿拉伯风味的城市，我们住在市中心一栋四层楼高的公寓，隔着一个小停车场，对面是另外一栋同样大小的公寓。对面那栋楼因为临街，一楼是艺品店，二楼是私人整形诊所，三楼和四楼则是整形医生的家。

那位整形医生四十出头，凭着高超的整容技术，吸引很多来自中东、欧洲国家的男女整形客人。一针一线一刀动下来，医生赚了很多钱。他的老婆靠着高级化妆品和名牌服饰包装，每天像个贵妇人般进出公寓。医生有三个儿子，八岁、六岁和三岁，都在附近昂贵的法国学校读书。

我们刚搬去的时候，有个摩洛哥中年妇女在他们家帮佣。没多久，那个太太不见了，换了个活泼可爱的女孩，十二三岁的样子。女孩长得很漂亮，白白的皮肤、大大的眼睛，还有一头乌黑的长发。

刚开始，我以为这个漂亮女孩是医生的亲戚，来他们家玩几天。后来每天看她在厨房进进出出、洗洗刷刷，才明白原来她是个小女佣。

我不知道小女佣每天工作几小时，但透过家里客厅的落地窗，从早到晚总看见她在厨房、在孩子的房间，忙着洗东西，忙着打扫。除此之外，女孩也身兼保姆，照顾医生的三个儿子，特别是小儿子，长得肥肥胖胖，常常要女孩抱着他。

偶尔，有几分钟的空闲，女孩喜欢到厨房的阳台，吹风透气。她知道我住对面，每次从阳台上看到我，总是轻轻一笑，然后赶紧把头低下去。

除了这几分钟的自由外，小女佣唯一快乐的时候，就是医生和太太带着三个儿子一起出门。主人不在家，仍有做不完的工作，她趁打扫孩子房间的机会，打开收音机，边听阿拉伯音乐边跳舞，跳那种自己发明的舞步。只有这时候，她才像个女孩，自由的女孩。

身为邻居，我们是这种现代奴隶制度的见证人。

在摩洛哥，家家户户都有好几张地毯，那种厚厚大大的地毯，一张接一张，铺满整个客厅。清洁地毯的方式很简单，只要拿到外面，把灰尘抖掉就行了。我个头不算小，但要拿起一张大地毯，还挺吃力的。对面的小女佣，每隔几天就会在医生太太命令下，吃力地将好几张大地毯，一张一张拿起来放到阳台的墙上，再用棍子拍打灰尘。

每一次看她抱起重重的地毯，挂到阳台上时，我都替她担心，担心她被地毯的重量扯下楼。每一次看那满身珠光宝气的医生太太，叉着腰在旁边神气指挥，我就好生气，气医生太太没人性、没良心。

有一天，当女孩出现在阳台，我才发现她头上包起了头巾。在他们的习俗里，这表示女孩生理期来了，从小女孩转成女人，不能再随意和男人接触交谈。从那时候开始，女孩越来越少出门。以往她时常陪着女主人出门，或者去隔壁杂货店买东西，但包上头巾后，我再也没有看她下楼过。

有天早上，我从市场买菜回来，女孩正在扫楼梯，扫到一楼。看到她，我简直吓坏了，从前那个青春美丽、活泼可爱的女孩，居然变了样。现在的她面孔苍白、两眼凹陷，穿的衣服又旧又脏。看到我，她很含蓄地轻轻跟我点头招呼。我装着没事，硬挤出尴尬笑容，招手回应，心里忍不住替她抱不平。

很不幸，这种不公平的事随处可见。

每个礼拜六早上，我和我家法国人会去马拉喀什最大的超级市场，采购一个礼拜的食物和生活用品。买完后，往往接近中午，干脆在超市附设的麦当劳解决午餐。

有一天，我们看到一对年轻夫妻，带着两个小女孩。孩子年纪差不多，七八岁，穿的衣服却有天壤之别。不用多想，一个是又旧又土气的小女佣，另一个是又新又亮晶晶的小主人。

小主人点了儿童套餐，她的爸妈各点了一杯饮料，至于身旁那个土气的小女佣，什么也没有。小主人一口薯条、一口汉堡，吃得好开心。爸妈看女儿开心，他们也高兴。只有那个小女佣，什么表情都没有，静静坐在椅子上。

用餐后，小主人哼着歌高兴地离开。爸妈拿起满满的购物袋，跟在女儿后面。小女佣呢，端起主人的餐盘往垃圾筒走去。刚走到垃圾筒前，小女佣才发现纸杯里还有一点冰块和可乐，她连忙拿起纸杯，用力地吸。就在这时，小主人回头叫唤她，小女佣心急，不敢得罪小主人，又舍不得杯子里剩余的可乐。很急、很怕、很舍不得，她用力地吸，拼命地喝。好不容易吸完最后一口，急急忙忙把纸杯丢进垃圾筒，快快朝小主人跑去。

看到这个画面，我眼泪当场掉下来。同样是孩子，为什么会有如此差别的待遇？身为父母，怎么能够用这种恶劣的方式，对待别人的孩子呢？

小女佣这个话题，是我日常生活的观察结果。不知道是心里太激动，还是话题太容易，总之这是我第一次在法文的讨论课上，能够流利地把自己的想法，用简单字汇表达出来。

趁下课休息空档，坐在旁边的几个女同学，跟我继续聊起这个话题。

有个同学跟我解释，小女佣通常都是主人乡下的远亲或邻居。乡下人孩子生得多，养不下去，干脆就让城里的有钱亲戚把孩子带走。好心一点的，会留下几张钞票给穷亲戚。乡下人老实，就算没拿到钱，也会满心感谢城里的有钱人，因为孩子这一走，家里就少一个张口吃饭的人。

小女佣没有薪水，不能上学，工作时数也没限制，会不会挨打，就看大主人和小主人的心情了。

有个女同学接着又说，她邻居的爸爸去乡下远亲家，带了一个小女佣回来。小女佣才十岁，两个手臂全是青紫的鞭打痕迹。原来前一个主人太太没事就找小女佣出气，皮带、棍子随手拿到，随手就往孩子的身上打下去。

小孩子忍了半年多，实在受不了这种长期虐待，趁主人不注意，偷偷地逃回乡下。乡下父亲心疼，又能如何呢？小孩旧伤还没好，既然有人上门，只好又把孩子送了出去。

这种不公平，难道没有人替她们说话吗？

联合国儿童基金会曾在摩洛哥宣传一个活动：让小女佣上学，要主人善待她们。广告打得凶，每天电视上可以看到无数次宣导短片；走在路上，四处可见大型的宣传看板。

宣传归宣传，那些有钱有势的人家谁没有小女佣呢？这种不花钱的免费劳力，谁肯放弃呢？

故事里的菜单

塔吉盘里的青春

在摩洛哥，烧饭煮菜是女人的职责。尤其在乡下，女孩子从小就跟着妈妈、婶婶或阿姨，在厨房学做菜。我家对门那个小女佣，除了每天料理主人家五口的三餐外，还得填饱那些上门拜访的亲朋好友的肚子。珠光宝气的女主人除了进厨房找找碴、尝尝菜的味道外，所有的厨事都是小女佣一手包办。

在那些没完没了的家事里，我最喜欢看小女佣准备塔吉菜。塔吉菜是摩洛哥传统家常菜，要先把小炭炉装满炽热的炭火，把塔吉盘放上去慢慢烧热。豪气地倒入当季的新鲜橄榄油，切成大块带骨的牛肉、羊肉或鸡肉都行，跟刺鼻的洋葱丁一起在塔吉盘里翻滚几回。肉香和焦黄的颜色出来后，撒上点摩洛哥的五味香料粉、适量的盐巴胡椒，再加上高汤，让大块的肉浸泡在汤汁中。盖上尖尖圆圆的塔吉盖子，用小炭炉的微火烹煮塔吉盘里的美食。

肉块软了、味道够了，随手抓起一大把干黑枣、杏桃干或葡萄干，放进浓浓的汤汁里煮十分钟。上桌前，别忘了拿点肉汁拌点蜂蜜，慢慢淋到塔吉菜上。

喜欢看小女佣准备这道菜，不是想看她受苦，而是替她高兴。小炭炉就在厨房后面的阳台上，从准备炭火到完成美食，得花上一段时间。只有这时候，小女佣可以暂时脱离油腻的厨房，到阳台上透气。

我观察了好几次，每次烹煮塔吉菜时，小女佣一手搅和菜肴，另一只手总是撑着脸颊，看着蓝蓝的天空，看着院子里的大树，看着街上来往的人与车，看着远处布满白雪的高山。只有在这时候，我才会看到一个少女该有的面孔：那种清纯的胡思乱想、那种无所事事的悠闲；只有在烹煮塔吉菜的当下，小女佣才能享受她该有的青春。

愚弄人的法国美食

Cuisine française :
pour le meilleur et
pour le pire

　　四月一日愚人节的气氛比不上圣诞节的热闹，但朋友间开个无伤大雅的小玩笑，成了愚人节的注册商标。很少人知道，这个轻松的节日可是道地的法国产品。

　　传说十六世纪时，四月一日才是每年的开端，这跟天主教有密切关系。在信仰里，三月二十五日天堂的特派员天使下凡人间，慎重地跟玛丽亚宣布，说她怀了上帝的儿子耶稣。从此，人们就把四月初当作新年。

　　当时庆祝新年的方式，习惯把食物当成礼物送人，而这段时间正好碰上天主教的斋戒期，禁止吃肉，却可以吃鱼。所以四月的新年礼物中，总少不了一条鱼。

　　国王查理九世，基于季节变换的关系，决定更改历法，把新年改成一月初。这个决定引来守旧派民众不满，又不敢向国王抗议，只能私下继续把四月一日当新年庆祝。

　　接受新历法的民众，看到思想守旧的朋友抱着旧节庆不放，于是起哄跟朋友开玩笑。四月一日来临时，他们带着礼物去拜访守旧派朋友，如同习俗要求，礼物里的确有条鱼。等守旧派朋友拆开礼物，才发现是条无法入口的假鱼。

二○○一年四月一日，愚人节的"鱼"大餐

搬到摩洛哥后，我家法国人负责摩洛哥南部的一个大型水资源计划，时常得在南部几个城市跑来跑去。住了快一年后，我们连摩洛哥最有名的城市卡萨布兰卡都没去过。

趁着三月底、四月初的连续假期，我们开车北上造访这个北非大城。卡萨布兰卡是伊斯兰教城市，却有个西班牙文名字——Casa Blanca——白屋的意思。可惜城市街道又脏又乱，几个观光景点走下来，真的让人失望。

幸好摩洛哥美食出名，身为经济大城，卡萨布兰卡有很多好餐厅。我们临时决定把观光之行，换成美食之旅。

愚人节那晚，我们开着车在市中心找一家很出名的传统餐厅，谁知道不小心开错路，上了卡萨布兰卡的滨海公路。绕了一大圈，正想找出口回头时，看到公路旁一家非常有名气的法国高档海鲜餐厅。听当地朋友提了几次，一直没机会造访，既然误打误撞，我们俩高兴地停好车，走进餐厅。

那是一栋老别墅改成的餐厅，有个好大的花园，房子前面就是大西洋。入夜后看不到大海，海潮声却不停地传进耳里，配上庭院里浪漫的灯光，真是个优雅的地方啊。

餐厅有两层，楼上是包厢，宴客专用场地。楼下有两个大房间，服务生领我们进到里面的房间时，整个餐厅只有两位客

人，但所有餐桌上已经摆了"预订"的牌子。

没有选择，服务生把我们带到餐厅最角落的一张小桌子，旁边是用来摆餐具、放面包的柜子。位置不好，但错在我们没有预先订位，没什么好抱怨的。反过来说，能在这家高档餐馆找到一张桌子，简直太幸运了。

菜单送上来，没有套餐，全都是单点的菜色。一般法国餐厅通常都有套餐和单点，套餐价位虽然高，却比单点划算。那种只有单点的菜单，表示餐厅很高档，不需要用套餐来推销。还没仔细看菜单内容，我家法国人告诉我，这是个法国夫人开的法国餐厅。他怎么知道呢？

原来，在菜单封面右下角，有用手写的字："某某夫人向您致意。"原来如此啊，这下我们更开心了。不认识这位餐馆女主人，光看菜单精致模样，就已经不同凡响。

我们住的观光大城马拉喀什，一年四季观光客不断，根本没有好餐厅。吃来吃去，总离不开比萨、煎牛排、烤羊排这种国际通用菜肴。我们不是老饕，也不挑嘴，但有机会品尝美食，总是令人振奋的。

仔细看了菜单，的确很特别，同样是海鲜或鱼类，这家餐厅有特别的料理方式，光看名字就很吸引人。当然这得付出代价，最便宜的一道烤鱼都要台币上千块。明明知道在摩洛哥市场，这样一条鱼只要五六十块台币而已。算了，难得出来一趟，又是个有名气的餐厅，牺牲一下钱包吧！

消失的鱼汤

天气有点冷，我们俩都点了特制鱼汤当前菜。至于主菜，我选了一种很嫩的白鱼肉，配上鲜奶油和白酒做的酱汁。我家法国人点的是红鱼，鲜奶油和番红花酱汁。吃的都是鱼，当然少不了白酒，决定选一瓶摩洛哥北部出产的白酒搭配。

一锅鱼汤很快送上来，附上一盘烤得焦黄的小面包块、一小碟乳酪丝和一小碗特制蛋黄酱，这是很典型的法国南部鱼汤的吃法。

服务生先用大汤匙，将鱼汤舀进我们的汤盘里，然后把整个汤锅放到一旁的服务桌上，还用酒精灯保温。通常一人份的鱼汤，可在汤盘里装上两次。碰上天冷的时候，鱼汤冷得快，鱼腥味就会出来。这家餐厅用酒精灯保温的做法，蛮体贴的。

我们俩各自添加不同的配料到汤里后，迫不及待品尝起来。嗯，味道好鲜好浓哦，跟其他餐厅稀稀淡淡的鱼汤比起来，这里的味道太棒了。谁知道才喝了两口，服务生又把那锅鱼汤端过来，各加了一小勺到我们的汤盘里。哇，服务也太周到了吧，我们笑了笑，继续埋头喝汤。

一盘汤喝完，高兴地等着服务生过来加汤，等了半天，才发现那锅鱼汤早就不见了。该不会是餐厅开的愚人节玩笑吧？

我们边笑边抬头找服务生，想要问个清楚。没看到服务人员，只见一个高贵的老妇人走进来。餐厅里面已经来了好几桌客人，老妇人先跟两大桌熟识的客人打招呼，头一桌握手问候，第二桌彼此互亲脸颊。从她打招呼的方式，可以看出与客人的熟识程度。看起来，这里蛮多熟客。

招呼完那两桌客人后，老妇人像个女王般，开始在其他餐桌间巡视。她头一个就往我们这里走来，先在桌子前停了下来。我们以为她是过来打招呼的，正准备向她说声晚安，只见这位高贵的老妇人用眼光慢慢扫过我们，打量我们的穿着后，什么也没说、什么表情也没有，掉头就往下一桌走去。

我们当场愣在那里，呆呆地看着她向下一桌客人点头寒暄。看了半天，推测出她这冷淡态度有两种可能：第一，她只跟熟客打招呼；第二，因为临时起意来这里吃饭，我们的穿着不够正式。既然错在自己，也不能怪餐馆女主人的漠视，不是吗？

看着她绕了一圈餐厅，才了解为什么我们的鱼汤消失了。因为天冷，很多客人都点了鱼汤当前菜，可能是汤锅不够吧，服务生替客人加个一小勺汤后，立刻不动声色把汤锅端走。这也怪不得他们啊，谁叫客人都点鱼汤呢？

高档餐厅的拿手菜

我们两人汤喝得太快，空盘端走后，主菜迟迟不来。没关系，那就喝酒吧。那瓶摩洛哥白酒是酒单里最便宜的，但葡萄香味很浓，口感不错。再加上坐的是角落位置，正好可以观看整个餐厅，我们俩边喝酒，边看着其他客人来打发时间。

已经晚上九点，订桌客人陆续到了，餐厅几乎客满，唯一剩下的两张桌子也被预订了。从客人穿着看来，这家餐厅应该是卡萨布兰卡商界名流常来的地方。好几桌男客人，不管高矮胖瘦、年纪大小，都穿着一身剪裁合身的西装，个个看起来像商业大亨。客人中，有人说英文、有人说法文，当然也有说阿拉伯文的名商富贾，有几桌客人甚至互相招呼问候呢。

观察别人，刚开始还挺有趣的，只是当酒瓶见底时，还不见主菜上桌，这可一点也不好玩。看了看手表，等了将近一个小时。就在此时，期待已久的菜看终于送来了，红白酱汁和精心摆设的配菜，看起来美味极了。正要动手，服务生提醒我们："餐盘很热，小心不要烫到。"

他走了以后，我们立刻拿起刀叉，准备下手。就在这时我有个小小发现，淋在鱼肉上面的酱汁尽管冒着热气，看起来却呆滞不动。我家法国人的盘子，酱汁颜色不同，却同样死气沉沉。莫非……

我家法国人是诺曼底人，他们一家人特别喜欢鲜奶油做的菜。鲜奶油做的酱汁，刚起锅时稍微有点稀，随着温度的降低，酱汁会变得浓稠。有些餐厅为了省事，先准备好各种酱汁冷藏起来，等客人点菜的时候，再把酱汁加热浇在食物上。

　　这种方式做出来的菜，酱汁味道会稍微走味，但加热过的酱汁还是会流动的。我们点的这两道菜，白白红红的酱汁就像是照片里的海浪一样，动也不动地停在鱼肉上。难道，他们是直接把鱼肉放进微波炉加热吗？

　　切了一口鱼肉放进口中，原本细嫩的白鱼肉，吃起来又干又硬。我家法国人那一盘鱼状况更惨，酱汁甚至结成疙瘩状。这么高档有名的餐厅，怎么会做出这么粗糙的餐点呢？或许是我们运气不好，厨师忘了我们的点单，才把鱼肉煮过头？

　　正在花脑筋想原因的时候，邻桌三位客人点的主菜也送上来了。其中有两位跟我点同样的菜，嗯，一模一样，鱼肉上的酱汁同样死气沉沉。

　　看着眼前的餐盘，我们的食欲没了，只能闷头吃着干涩走味的奶油鱼。奇怪的是，其他客人看起来吃得挺高兴的。再仔细一看，才发现客满的餐厅里，像我们两个如此专心用餐的客人占少数，绝大多数的人根本专注在交际应酬，桌上的食物与刀叉只是摆摆样子罢了。

　　刹那间，我突然想通了，这家餐厅女主人那套向客人致意的仪式，才是他们的主菜吧！失望之余，突然想起几年前，自己一个人在法国南部旅行时，碰到的一位法国太太和她那温暖的小餐厅。

一九九六年二月，法国普罗旺斯

一九九五年年底，辞掉台北工作，带着一笔小小积蓄，我飞到欧洲自助旅行三个月。行程从德国开始，一路往下走：荷兰、比利时、法国，终点是西班牙。

记得是二月初，从巴黎搭火车去了普罗旺斯。前两个月游走在天寒地冻的荷兰和德国，几乎忘记太阳长什么样子。二月的普罗旺斯气温不高，但阳光普照，光在路上闲晃，心里和身体都暖了起来。

在亚维农晃了两天后，又去了普罗旺斯的另一端。在旅游指南上比较半天，最后选了一个消费不太贵，距离各处名胜又不远的小城住了下来。还租了三天的脚踏车，准备到附近走走。

隔天吃完早餐准备出发时，晴空万里。看了看地图，算了算自己的体力，决定去拜访一个在山上的小城。随身带瓶水和半包饼干，就这样出发了。

天气真是好啊，在阳光照射下，沿途经过的树林山丘有点秋天的颜色。不是观光季节，一路上几乎没什么车辆或行人，骑起脚踏车来没有压力，那种感觉真的很舒服。

路上经过一个小村，看起来蛮有味道的，临时转个弯，骑进了村子。逛了半个小时后，才满足离去。一个人旅行虽然寂寞，但那种不按规则、没有行程表的自在感，正好填补孤单。

又骑了大约半小时，路开始往上攀升。想也没想，继续踩着脚踏车往上走。谁知道五分钟后，阳光渐渐消失，停下来看地图，应该是快到了吧？喝点水，吃了几片饼干后，又继续行程。

骑啊骑，越来越吃力。租来的脚踏车是那种轮胎细细的变速车，在平地的时候，咻的两下可以骑得很快。到了山上，细细的轮胎抓不住陡峭路面，踩了半天也不过前进一小段，某些陡峭路段，甚至得下车推着。

半个多小时又过去了，正在疑惑的时候，一个大转弯，那个旅游指南照片中的山中小城突然刷地一下出现了。哇，好漂亮的小城哦，一栋栋如梦境般的石头老房子，沿着山陵起伏的线条排列着。

看看表，快十二点了，肚子有点饿，一口气吃光剩下的饼干，又喝完瓶里的水。目标已经出现，顿时觉得自己精力充沛，双脚踩起踏板变得十分轻松。山城美景，我马上就到了！

幻影中的山城

谁知道才骑两步，天色一下子暗了下来，还飘起毛毛细雨。幸好身上穿的是防水外套，脚上是不透水的鞋子。既然不远，快快骑吧。

在毛毛细雨和薄薄的雾气里，又骑了一阵子，才发觉错估情势。山城的确在对面山头，但我得先骑到自己这个山的山顶后，继续往下走去，才能到对面山头的山脚。接下来，还得从对面山脚下，费力骑到山中小城。天啊，当我看清楚整个路径后，心都凉了。

怎么办？要放弃，还是继续？

已经中午十二点半了，如果往回走，整个上午的努力全部白费。想了想，决定撑着继续往前征服。毛毛雨停了，山上雾气反而越来越多，穿的外套早已经湿漉漉地黏在身上。气温有点低，我却累得满头大汗。为了要早点抵达目的地，决定闷着头往前骑，不要再被山城的影像给迷惑。

又努力了一个多小时，终于、终于到了。浓雾中的小城看起来有种模糊的美，我又累又饿又渴，根本没有办法欣赏美景。小城的街道上一个人也没有，晃了半天连个面包店也找不到，怎么办？

家庭餐馆的菜单

最后在小城广场上，看见了仅有的一家餐厅，从沉重的木门外什么也看不出来。读了一下贴在墙上的菜单，只有套餐而已，写的全是法文。唯一看得懂的，是一百二十法郎的套餐价格。很贵耶，算算也要台币六百块，对已经旅行两个月的我来说，是笔不小负担。没有其他选择，只好锁上了脚踏车，咬牙走进餐厅。

快两点了，餐厅居然坐得满满的。看了半天，只有靠近厨房的地方还有张空桌子。一位中年妇人端了菜走过来，圆圆润润的模样。她点着头，示意我自己找空位子坐下，我边道谢，边往那张小桌子走去。

刚坐下，那位妇人就送上菜单，果然全都是法文，有看没有懂。勉强猜得出来，所谓的套餐包含一个前菜、一个主菜、一个甜点外，还附一小壶的葡萄酒。麻烦的是，每道餐点有好几种选择，我根本看不懂。

幸好隔壁桌的一对法国情侣看出我的尴尬，主动说起英文帮忙。他俩是这里的老客人，刚刚那个胖胖的中年妇人是餐厅老板娘。在他们解释和推荐下，我点了特制沙拉和烤羊排。至于甜点，负责点菜的老板娘摇手示意，不急不急，待会儿再说。

老板娘看得出来我很饿，一小篮面包、一小壶红酒和前菜的沙拉很快就送上来。原本以为沙拉不过是几片绿色叶子，加点番茄、黄瓜当装饰，想不到出现眼前的，是个圆圆的大木盆，装着卷的、翠的、弯的，各种不同的绿色生菜，再配上烤过的红椒、青绿的酪梨片、白芦笋、四季豆、马铃薯……还有火腿片、乳酪片、小番茄、水煮蛋，光它的颜色和新鲜壮大的声势，就让我胃口大开。等吃到嘴里，那个用新鲜蛋黄、芥末、醋和橄榄油调和成的酱汁，让每样食材变得更有味道。

真是饿呆了，我用狼吞虎咽的速度，三两下就把一大盆沙拉吃得一干二净。连木盆里剩余的酱汁，都被我用面包蘸着给清光了。吃完前菜，总算有心情慢慢打量周围的一切。

这餐厅看起来像是有几十年的历史，没有太多的装饰品或壁画，只有几个旧铜锅子挂在墙上。厨房是开放式的，就在我旁边，里面几个厨师穿着家居服，旧衬衫、牛仔裤、布鞋。唯一能识别的，就是身上围着的白围裙。餐厅坐了满满的客人，厨师们忙而不乱，三不五时还跟负责送菜的老板娘开起玩笑。

一阵浓郁的烤肉香随着老板娘圆圆的身影，来到我的桌前。放下手中那盘烤羊排，老板娘对我笑了笑，转身招呼其他客人。

以前一直不喜欢羊肉，觉得腥味重，但眼前这个烤羊排香得不得了，是炭火烤的，稍微焦黄的表面还吱吱地响着。看着金黄色的油汁和微微飘起的热气，肚子又饿了，毫不迟疑，立刻拿起刀叉下手。

第一块肉刚放进嘴里，哦，天啊，好、好、好好吃哦。肉汁完完全全留在肉排里，不但没有任何羊骚味，肉质更是鲜美到极点。烤羊排旁，是煮得入味的软茄子，配上略带弹性的肉排，简直是最佳组合。更别说附送的那一小壶红酒，喝起来顺口又解油腻，这一顿真的太棒了！

没办法和老板娘直接沟通，不过我那满足又快乐的神情让她很高兴，三番两次过来加点面包，还把半空的酒壶又装满。当我把一大盘羊排吃完后，甚至还过来问我，要不要再来一点？

又惊又喜之余，拒绝了她的好意。那盆沙拉、这盘烤羊排，再加上一篮结实的乡村面包和将近半公升的红酒，这样的食量已经够吓人了。如果再接受她的好意，待会儿恐怕连餐厅大门都走不出去。

看我摇头摇得那么坚决，老板娘笑得很开心，收起桌上的空餐盘，跟我眨眨眼后就离开了。搞不懂她的意思，邻座会说英文的法国情侣又走了，没人替我翻译，怎么办？

来不及思考，老板娘出现了，两手各端了一大盘甜点。一边是水果派，一边是巧克力蛋糕，每盘都剩下一半左右。老板娘转了转头，比了比两边甜点，问我要吃哪一种？

啊，刚刚吃得太过瘾，忘了还有甜点呢。两边看起来都很好吃的样子，但实在吃不下了。老板娘看我迟迟不决定，摇摇头不满意我的态度，最后干脆把两盘蛋糕放在桌上，逼我选择。

　　唉，好吧，就巧克力蛋糕吧。她很满意地点点头，在我面前放了装甜点的空盘和汤匙，拿起蛋糕旁的刀子咻的一刀切下去。我的天啊，好大一块蛋糕啊，她拍拍我的肩膀，拿起剩下的蛋糕朝厨房走去。

　　真的不行了，吃得太饱了。仔细打量眼前这个巧克力蛋糕，上面有一层白白的鲜奶油，奶油上撒满碎碎的巧克力片，看起来很诱人。先试试巧克力吧，嗯，苦苦甜甜的。总是听人说，甜点帮助消化，我拿起小汤匙，挖了一块蛋糕送进嘴里。

　　哇，有人说甜点是幸福的起点，真的一点也没错，这个看似普通的巧克力蛋糕里面藏有玄机。蛋糕里夹着用酒腌制的黑樱桃、甜甜的大樱桃、香香的酒味、软软的鲜奶油，夹在浓浓的巧克力蛋糕里，让人无法拒绝。

　　每吃一口蛋糕，我的理智和欲望都在互相交战，挣扎半天，居然把一盘蛋糕吃光了。看着桌上残留的面包屑、空空的甜点盘、滴酒不剩的酒杯，觉得自己在做梦。老板娘满脸笑容地从厨房走出来，看着清空的餐盘，笑得更开心。随手拿起身旁的一瓶酒，那种饭后帮助消化的烈酒，问我要不要喝一小杯？

哦，不行不行，不能再继续下去，待会儿还要骑好几个小时的脚踏车回去呢。要是再喝上一两杯，恐怕就得用滚的姿势滚下山。比了比骑脚踏车的姿势，又说了住的那个小城的名字。老板娘似乎了解，没有坚持她的热情。

看了看表，下午三点多了，餐厅客人走了一大半，赶紧向老板娘做了个账单的手势。她点点头，从口袋里拿出一小叠白纸条和一支铅笔，草草写了两下，然后撕下纸条放在桌上。白纸上没有店名，也没菜名，就简单几个数字：一百二十法郎。

这顿热情午餐的代价，就在这张小小的白纸条上。看着那几个潦草数字，突然间有种时光倒流的感觉，像是回到远古的农业社会，那种人与人之间用心意做交易的年代。

春天的颜色

付了钱，老板娘陪我走到门口，外面出了太阳，刚才湿湿的地面被阳光晒得差不多干了。老板娘站在门边，看着我打开车子的锁，看我骑上了脚踏车。互相挥了挥手，做了最后道别。

才骑两步，她又把我叫回去。以为忘了背包，留在餐厅。不对啊，背包就在我的背上。老板娘说了几次我住的小城名字，指了指后面的方向，又比了个像是短短的手势。好吧，就听她的。我们俩再次挥了挥手，这回是真的道别了。

老板娘指引的那条路，得穿过整个山城。之前雾气中的模糊美，有点像梦境里的不真实感，如今在阳光斜斜照射下，整个山城变得清晰立体。骑在小城街道上，有种回家的亲切感。春天还没到，但每户人家的花园已经有了春天的颜色。

我慢慢踩着踏板，一边消化刚才的大餐，一边享受宁静的午后时光。终于骑到了山城尽头，眼前是一条向下伸展的柏油路，没有任何路标，不知道通往哪里。怎么办？要继续，还是回头走原来的老路？

好吧，反正吃饱喝足，就再冒险一次吧。我抓紧了脚踏车把手，冲吧！

呼——相信吗？十分钟，才十分钟而已，我就冲到了山下。那真是生命里令人难忘的十分钟，微风、阳光、小屋、大树、小花、绿草……在眼前轮流出现。我呢，什么都不用做，是脚下的路推着身体、推着车子往下滑去。那种把自己彻底放开，什么都不用担忧的自在感觉，真的真的很舒服。

一直到现在，我都忘不了山城的那顿午餐，还有那十分钟的自在。当然，我没有迷路。

故事里的菜单

桑聂太太的白酒鲜奶油鱼

在摩洛哥卡萨布兰卡那家高档餐厅的用餐经验，让我对白酒鲜奶油鱼留下不好的印象。本来就不太喜欢鲜奶油，味道太重、太腻，偶尔做甜点会用上，但从没想过拿来做菜。这个对鲜奶油的偏见，是桑聂太太帮我解开的。

桑聂太太是诺曼底人，在诺曼底大城鲁昂的老市场，开了一间专卖乳酪、鲜奶油的小店。我公公婆婆是桑聂太太的老客人，每次休假回诺曼底，他们知道我喜欢吃乳酪，会去桑聂太太的小店买上几种，让我解馋。

有一次公公婆婆有事走不开，派我去老市场跟桑聂太太买乳酪。公婆家离老市场有点距离又不会太远，坐电车要三站，我宁愿走路过去。塞纳河穿过诺曼底几个城市，最后才流入大西洋。从公婆家到老市场得跨过塞纳河，一路上都是历史悠久的古迹，走起路来一点也不寂寞。

慢慢晃到老市场前,居然遇到了一位好久不见的朋友,我们站在老教堂前聊了半天。等他离开,已经中午了,连忙跑到桑聂太太的小店。店里没有其他客人,她正准备关门午休。看到我,根本不需要开口,就知道我要买什么乳酪。

边打包,桑聂太太边询问我们的近况,说得差不多,乳酪也包装好了。准备付钱时,我看到柜台里有一大缸鲜奶油。诺曼底的畜牧业特别出名,乳制产品种类多,品质又好,当地人特别喜欢用鲜奶油做菜。碰上讲究的,会来像桑聂太太的这种乳酪专卖店,买那种香醇浓厚的手工鲜奶油。

看到桑聂太太的鲜奶油,突然想起了在摩洛哥的不愉快用餐经历。还有点时间,我随口问桑聂太太,要如何准备白酒鲜奶油鱼。

两三下,桑聂太太就把做法全说给我了。

"怎么会这么简单?"我很惊讶地看着桑聂太太。

"谁说好吃的菜一定很难做?只要有新鲜的鱼、好的鲜奶油,谁都可以做出一道好菜。"

半信半疑地,我跟桑聂太太买了一小罐鲜奶油。隔天一早,去市场买了几片去骨的白鱼做试验。

先把鱼片切成半个巴掌大小的厚片,在热热的平底锅上先放进一小块奶油,奶油融化成金黄的液体后,轻轻放入鱼片,煎到微微焦黄。小心翼翼地铲起鱼片,放在一旁。

不要犹豫,把整罐鲜奶油倒在热腾腾的平底锅里,加上半杯的白葡萄酒，撒上一小撮盐巴，用微火熬煮酱汁。等白酒的果香入味，把刚刚煎得焦黄的鱼片放进去，酱汁一滚立刻关火，千万不能把鱼肉煮过头。

水煮的马铃薯用叉子轻轻压成薯泥，配上鲜美的鱼肉和浓稠微黄的酱汁，才刚入口，我就爱上了鲜奶油。桑聂太太的鲜奶油配上清爽的白酒，吃起来满口奶香，一点也不油腻。更想不到我这个诺曼底的异乡人，也可以做出这么好吃的白酒鲜奶油鱼。

亲爱的桑聂太太，Merci beaucoup！（法文，意思是多谢了。）

十
二
月
的 *L'Atlantique*
大 *en décembre*
西
洋

　　谁都会吃、谁都会喝，但要懂得吃、懂得喝，可不是三天两头学得来的。葡萄酒是法国人的骄傲，也是他们的文化遗产，自古多少文人英雄，从酒里面体会出人情世故。

　　法国文豪大仲马说过："在一餐饭里面，肉不过是物质而已，酒才是智慧。"

　　写出世界名著《悲惨世界》和《巴黎圣母院》的雨果更得出这样的结论："上帝只不过创造了水，但人类却酿出了酒。"

　　我最喜欢的，是法国已故诗人歌手巴颂对好酒的定义："最好的酒不一定最贵，而是能跟他人共享。"

当我看到杂志上那张照片时，很意外。照片上那个女人，好像、好像在哪里见过。盯着照片，脑袋努力想了半天，总算凑出了一些往事。

说是往事，不如说是一些零碎的记忆和画面，那时候的她，是个苍老、憔悴，又笨重的女人。印象最深的是那张浮肿的脸、红红的鼻子，还有一头乱七八糟退色的灰发。那个模样的她，跟现在照片上这个满脸自信、体态轻盈的女人，相差太大了。

会不会是我搞错？

嗯，外形凑不上，但照片里那女人的神态、微笑，似乎很眼熟。盯着照片看了好久，我想，或许是认错人了。正要翻到下一页，眼角忽然扫到一些白白影像。迟疑了一下，又翻回原先那一页。

那个在我眼前闪过的白色影像，是女人的手腕。她穿着一件铁灰色长袖衬衫，配上一条宽松黑色长裤，灰灰软软的袖子随意卷起来，露出白皙的手腕。她坐在红色沙发上，炯炯有神地看着镜头。自信的眼神、优雅的服装、抢眼的红沙发，让人很容易忽略左右两只白白的手腕上，有两道好长好长的刀疤。

这几年来她的外形变了很多，但两道长长的伤口一点也没变。如此惊心动魄的伤痕，应该没有太多人经历过吧！奇怪了，她怎么会出现在这本流行杂志上？很惊讶也很疑惑，我坐在艾莲娜的店里，一边读着杂志专访，一边让她替我剪头发。

艾莲娜是理发师，每年回法国头一件事，就是跑去找她帮我整修满头乱发。在国外，很难找到懂得剪东方人头发的理发师。外国师傅习惯了西方人卷曲柔软的发质，通常不会处理东方人笔直的硬发。试了好几个，最后在法国嫂嫂介绍下，认识了艾莲娜。从此，再也没换过理发师。

艾莲娜看我专心阅读，忍不住凑前看了一下。当她看到照片上的女人，一反常态，居然兴奋地说：

"你知道吗？她可是道地的诺曼底人哦，而且就在我们隔壁小镇出生长大。"

艾莲娜是那种很安静的理发师，工作时不太跟顾客东家长、西家短，她的反应让我有点意外。

"对了，她刚出道时，还住在这里。头几部电影只是演些小角色，附近的人却欣喜若狂，说这个小地方出了个电影明星。那个时候的我啊，只是理发助手，在别人店里帮忙。有一天，她居然来店里洗头。你知道吗？当她坐在椅子上让我替她洗头时，天啊，我的手一直发抖呢。"

艾莲娜说得很兴奋，幸好拿剪刀的手稳稳地在我头发上滑过。

"她是电影明星？你没有搞错吧？杂志上介绍，她刚刚出了第二本书耶！"

我以为艾莲娜认错人，把杂志凑到她眼前，让她看个清楚。艾莲娜看都没看，继续在我的头上进行修剪工作。

"没错，就是她。开始写书，是这两年的事。唉，别看照片上的她那么光彩亮眼，背后可有一段悲伤往事呢。"

艾莲娜的口气也变得有点悲伤。

"发生了什么事？"

我有点好奇，想要知道多一点她的事。

"她啊，真的是个很好的演员，演过很多令人难忘的电影。谁知道在演艺生涯最高峰时，结婚多年的丈夫另结新欢，把她抛弃了。没多久，唯一的女儿又出车祸死了。这样的事谁受得了？她整个人垮了下来，不拍戏，也不露面。起先，那种专门报道明星隐私的杂志，跟踪她、偷拍她，公布她悲惨的状况：酗酒，失神地在街上晃，甚至割腕自杀被送到医院的种种照片。等到读者再也没兴趣的时候，杂志就不会花版面在她身上了。"

"然后呢？"

虽然是多年前的事，忍不住想要知道结局。

"然后啊，她突然消失不见了。电视、报纸、杂志，再也看不到任何她的消息。听别人说，她曾经搬回老家住了一阵子，不过常常借酒闹事，跟邻居处得不愉快。搬走后，再也没有人知道她的下落。"

婚姻失败、丧女之痛、酗酒自杀、演艺生涯结束……天啊，简直就是悲剧电影里的情节。也难怪，在我记忆中的她是那副惨不忍睹的模样。这下子，换成我心里起了小小的悲伤。

"你看过她写的书吗？写的是什么呢？"

听了往事，忍不住想要知道她的近况。

"不知道，我从没读过她的书。有几位店里客人读过，说写得还不错，好像蛮畅销的。对了，怎么对她突然有兴趣？你看过她的电影吗？"

这下子，反倒换成艾莲娜有点好奇。

我不知道要怎么跟艾莲娜解释，解释那段好几年前的往事。我从没看过她演的电影，却曾经和她一起看过十二月的大西洋。

甜葡萄酒乡的意外之旅

一九九四年年底，请了一个月的假去欧洲旅行。十二月初先飞到西班牙，计划在西班牙和葡萄牙待上两个礼拜，然后搭火车直奔德国。从台北出发前，已经打电话跟德国朋友约定好，一起过圣诞节。

在西班牙玩了一个礼拜后，搭火车去了隔壁的葡萄牙。我喜欢慢慢走、随意晃荡的旅游方式，不想天天赶行程，决定专心在葡萄牙南部的里斯本旅游。

刚到里斯本，就听到新闻传来法国交通运输业全面罢工的消息，所有飞机和火车班次通通取消。从葡萄牙到德国的火车，必须经过西班牙和法国。法国交通业罢工，我的行程连带受到影响。更糟糕的是，法国工会拒绝和政府妥协，罢工活动不知道什么时候才结束。

在里斯本晃了几天后，法国罢工活动还是没有结束的迹象。心里着急，又不想浪费葡萄牙的美丽风光，在青年旅馆工作人员建议下，我搭火车去了北边的波多，那个甜葡萄酒的故乡。波多没有里斯本那种古老、气派的历史感，但数不清的甜葡萄酒庄就让人陶醉了。

在酒乡走了两天，边走边担心，眼看圣诞节一天一天逼近，从葡萄牙搭火车到德国需要一天半时间。要是不能在十二月二十三日早上搭火车离开葡萄牙，跟德国朋友的圣诞聚会势必得取消。

想到这点，酒乡的酒香也显得淡而无味。

怪女人

记得是十二月二十日吧，一大早跑了趟波多的火车站，结果让人沮丧："不知道法国交通业罢工何时结束。"这种没答案的答案让我失去了旅游兴致，在市中心随便晃晃后，想也没想就搭公车回到了下榻的青年旅馆。

接近圣诞节，大部分旅行的人都已经回家团聚，青年旅馆几乎没什么客人。不过那天一进门，却看见旅馆接待人员忙着跟一个男警察，还有一位像是公务员打扮的女人，三个人叽里咕噜地交谈着。他们谈论的对象正坐在入口处的沙发上：一个模样很奇怪的中年妇人。

那个女人外表看起来很苍老、憔悴，猜不出她的年纪，但一看就知道是酗酒过度的酒鬼：满脸浮肿，鼻子通红，配上一头纠结成团的灰发，像是好久没梳理过。她穿的衣服挺干净的，不像无家可归的街头游民。

怪女人身上披着一条老旧掉毛的大围巾，一直发抖。柜台的人正谈论着她，怪女人没有任何反应，缩着肩膀，眼睛呆滞无神。

谈论结束，警察把怪女人和她的行李一起带到楼上。等警察离开，跟青年旅馆的人聊天，才知道那个怪女人是法国人，自己一个人来波多旅行。遇上航空公司罢工，无法返回法国。在原先住的旅馆待了几天，喝了好多酒，却付不出一毛钱。旅馆不愿意做赔钱生意，通知了警察，警察又联络了社工人员，才把怪女人送到青年旅馆，等待回国的飞机。

社工人员说，怪女人没有精神疾病，只是离开前，再三提醒旅馆工作人员，千万不要让她一个人出去，也不要让她喝酒。为了避免麻烦，青年旅馆工作人员将她单独安排在一个八人住的大房间，就在我住的隔壁。

听完怪女人的故事，我拿了自己房间钥匙，想回房睡午觉。上楼后，经过她的房间，只见房门敞开着。有点好奇，又有点无聊吧，忍不住停下脚步往里面看了看。

天啊，不看还好，这一看可把我的好奇心给吓跑！大白天，房间所有的灯，床头灯、墙上的灯、天花板上的灯，通通亮着。怪女人动也不动地坐在床上，两眼痴呆，茫然地不知道在看什么。

明知她不是神经病，但那副失神模样还真吓人呢。我住的那间八人房，前一晚还有两个西班牙女孩同住，那天早上她们刚退房离开。一想到整层楼就剩我们两人，还真有点毛骨悚然。想了两秒，连忙冲进自己房间，从大背包里随手拿了一本书，赶紧下楼离开。

夜半惊声

在外面晃了整个下午，吃完晚餐才慢慢回到青年旅馆。旅馆工作人员正闲着看电视，整个下午没有任何新房客，这个消息让我有点失望，硬着头皮不情不愿地上楼。

经过怪女人的房间时，房门还是没关，里头的灯仍然通通亮着。她呢，躺在床上动也不动，看起来像是睡着了。

心里毛毛的，我赶紧冲去公共浴室刷完牙后，就跑回自己房间，还把房门紧紧扣上，钻到床上蒙头大睡。怕归怕，走了一整天路实在很累，没什么困难很快就睡着了。

不知道睡了多久，突然被一连串尖叫声惊醒。打开床头灯，昏昏暗暗灯光下，半梦半醒的我坐在床上有点迷糊。是做梦吗？还没弄清楚，刺耳的尖叫声又响了起来，绝对不是梦，尖叫声从隔壁传来。

是那个怪女人吗？她在搞什么鬼啊？我不相信妖魔鬼怪的故事，但半夜里听到这么可怕的尖叫声，真的很吓人。出了什么事啊？我该怎么办？是谋杀还是自杀呢？她快死了吗？天啊，脑袋一下子乱七八糟想了一堆。就在这时候，听到门外传来旅馆工作人员的说话声和脚步声。过了一会儿，一切又静了下来。

忍不住把房门悄悄打开，我看见旅馆工作人员正从隔壁房间走出来。

"怎么了？"

不关我的事，只想搞清楚来龙去脉。

"哎哟，谁知道她有这么多怪癖。晚上查房的时候，我看她睡着了，房门开着，灯又全部亮着，我进去把灯给关了，就留下床头小灯。离开时，顺手把房门带上。谁知道她半夜醒来，会这样大惊小怪。"

"她怕黑吗？"

"应该是吧，她要我把灯全部开着，门也不让关上。真是的，都这么一大把年纪，哪来这种怪习惯啊？"

工作人员摇摇头，无奈地走下楼。

我站在自己房门口，可以看到隔壁房间的灯光，这回没有勇气探头往里看，怕看到让自己害怕的画面。到底怕什么，我也搞不清楚，更不想知道太多。重新钻进了温暖的被窝。这一回，花了好长的时间才沉沉睡去。

Merci，谢谢

第二天一早下楼吃早餐时，空荡荡的餐厅里，两张大餐桌就我一个人。挑了靠近暖气口的位置，卸下随身小背包。青年旅馆没有其他客人，工作人员仍然准备了简单餐点。我拿了餐盘，装了面包、奶油、果酱，再倒一杯热热的咖啡，准备慢慢享用一顿温暖的早餐。

刚喝下一口咖啡，怪女人也进来了，休息了一个晚上，还是满脸憔悴模样。她眼睛慢慢扫过空荡的餐厅，看了看我，没有任何表情。她没有打招呼的意思，我低着头继续吃早餐。当然啦，还是忍不住偷偷地瞄着她。

怪女人在餐台旁来回走了几趟，最后拿了一个杯子想要装咖啡。咖啡是装在一个热水瓶里，要一手挤压热水瓶，一手拿着咖啡杯接着。这么简单的动作，怪女人手抖得厉害，试了几次，把咖啡洒满地，还装不到半杯。

餐厅里只有我们两人，不想和她打交道，又觉得自己太没同情心。犹豫了一下，我走上前接过她的咖啡杯，两三下就装满了。怪女人有点不知所措，低着头边挤出了一点微笑，带点害羞的微笑，边对我说：

"Merci, Merci！"

那时候的我还不懂法文，但至少懂得 merci 是谢谢的意思。拿着她的咖啡，看着两张空荡的餐桌，有点为难：人家都跟我道谢了，要让她坐哪里呢？怪女人不知所措地站着，就像一个五六岁的孩子一样，在陌生人面前不知道要怎么办。

一起吃早餐吧，把她带到我的座位上，将靠近暖气口的位置让给她。放下她的咖啡，又拿了一些面包、奶油，放在她的面前。我呢，在对面的位置重新坐下，继续吃早餐。

面包又松又软，咖啡又浓又香，但两个不能沟通的人面对面坐着，气氛实在尴尬。光低着头吃早餐，总觉得有点见不得人；要是抬头看着她，除了挤出勉强的笑容外，真不知道要说什么。

我打开随身小背包，拿出波多的地图和旅游资料，想找个地方晃荡。在旅游手册上东翻西看的，波多紧邻大西洋，来了好几天，还没去过海边呢。今天天气不错，就去海边晃晃吧。

选定目标后，我打开地图查阅巴士路线。怪女人好奇地凑过来，看着桌上的地图和旅游手册的风景图片。她想干嘛啊？这个模样还要出去吗？

不想给自己找麻烦，赶紧把最后一口面包吃掉，喝完剩下的咖啡，把所有资料胡乱塞进背包里，对她比了个再见的手势，赶紧起身离开。就在走出餐厅前，我听到身后又传来那句软软的声音，Merci。

冬天的阳光

出发去海边前，忍不住又跑了一趟火车站，探听法国交通业罢工的消息，答案依旧让人失望。

离开火车站寻找开往海边的巴士时，意外发现一家很有葡萄牙特色的陶艺品小店。那时候的我，正着迷于各式各样的陶艺品，每次旅行总会四处寻宝。这趟出发前，再三警告自己不要冲动买那些易碎的纪念品，但看到小店门口挂着色彩艳丽的盘子、小碗，实在很难压抑寻宝的心情。挣扎半天又东挑西拣后，自制地只买了三个小碗和两个盘子。

带着这些纪念品去海边实在不方便，决定先绕回旅馆放下战利品。已经中午了，青年旅馆还是一样空荡荡。上楼后，经过怪女人的房间，看到她呆坐床上。听到我的脚步声，她转头看着我，依旧是早上那个有点害羞的微笑。勉强跟她点头回礼，赶紧进到自己房间放下纪念品，接着又马上离开。

重新经过怪女人的房门时，她看着我，好像有话要说。到底想说什么呢？两个不能沟通的人有什么好聊的？不想跟她牵扯太多，挥了挥手，没等她回应赶紧下楼。

旅馆工作人员正拿着三明治，坐在门外的阳光下吃着午餐。天气有点凉，阳光挺温暖的，从青年旅馆走到公车站，有一小段路。不想赶时间，只想好好享受这个舒服自在的步行。

走着走着，突然想起那个怪女人，想到那失落的神情、寂寞的身影，呆呆一个人坐在房间里。我实在想不通，既然有钱从法国跑来葡萄牙旅行，怎么会沦落到这样的地步呢？

同样被困在葡萄牙，被迫改变旅行计划，至少我是自由的。看海、散步、晒太阳，怎么舒服怎么做。她呢，除了呆坐在旅馆那个人工灯光的房间里，还能做什么？刚才离开时，她好像有话要说，想说什么呢？

想到这里，觉得自己很冷漠、很无情，甚至有点自私吧。出门在外，谁不会碰到困难？每次出门旅行，不管在哪里，我总会碰到好心的人，帮忙指引方向、解决问题。现在有机会帮助别人，为什么不做？

快走到公车站牌前，我决定回头，往青年旅馆的方向跑回去——我到底在做什么啊？这不是给自己找麻烦？脑袋这样想着，脚步却停不下来。

跑回了旅馆，跑进了她的房间，跑得满头大汗。她看到我，表情有点惊讶、有点高兴。我知道她听不懂西班牙文，没关系，边翻出旅游手册上的海边照片，边问她要不要跟我去？

又比又说了半天，怪女人呆滞的眼神开始有点变化，张大眼睛，看了我半天，最后点头同意。

把怪女人带到楼下，向青年旅馆工作人员解释我们的海边之旅。工作人员想也没想，就点头答应。的确，这么好的天气不去外面走走、晒晒太阳，太可惜了。临出门前，工作人员再三交代，千万不要让她喝酒，免得惹麻烦。

记住叮咛，我和怪女人往公车站走去。才做了这个善心举动，外人的想法让我又缩回自己的保护壳。怪女人外表实在太引人注意，一路上招来异样眼光。为了不让别人误会，我刻意保持一定距离，走在她前面。

怪女人根本没有察觉我的防卫举动，踏着迟钝的步伐，像灵魂出窍一般，完全无视别人眼光，带着满足表情走在冬天的阳光下。

当电车转弯时

没等太久，去海边的电车就来了。是辆老式电车，单纯的外貌，配上车厢里沧桑的木头座椅、把手，像是从博物馆出来透气的老古董。车子速度很慢，稳稳当当地在轨道上前进。

坐在老古董电车里，应该很兴奋，只是一上车，车上乘客好奇的眼神把我弄得很不自在。不是交通尖峰时间，乘客不多，都是年纪一大把的葡萄牙老先生、老太太们。当他们看到我们这对奇异组合上车后，一路上毫不掩饰地盯着我们。

我转过头想看窗外风景，来回避这种特殊注视。无奈，电车经过的地方，是波多平民住宅区，灰灰脏脏的公寓楼房根本没什么好看的。怪女人似乎也感觉出车上那种不自在气氛，低着头身体僵硬地坐在椅子上，双手不停地拨弄着围巾上结块的毛球。

就在空气沉闷到顶点时，电车一个大转弯，灰暗的楼房一下子全被抛在后面，眼前的视野刹那间变得空旷起来。一大片的蓝，蓝蓝的海、蓝蓝的天，突如其来出现在眼前。我忍不住喊了出来："天啊，是大西洋。"

这个戏剧性的大转弯，车上其他乘客习以为常，没任何反应，只有我和怪女人像发现新大陆一样高兴。电车正沿着海滩，一路开下去，我连忙按铃下车。怪女人紧紧抓着我的袖子，好像怕我会把她抛弃。电车一停妥，我拉着怪女人走下电车，有默契似的，一起朝着沙滩跑去。

十二月的大西洋很冷，却没有刺骨寒风。看到海，怪女人变得很兴奋，把鞋子脱了，围巾甩了，什么也不管就冲到海水里。冰冷的海水让她又高兴又害怕，像个孩子一样，被冻得尖叫起来。

看到她活泼的模样，我吓了一跳，带她来海边算是做对了。至于我，这么舒服的天气只想找个地方坐下来，看看书、晒晒太阳。

在海滩旁，有几家露天咖啡馆，看了两家价目单，饮料价格有点贵。长途旅行时，我会给自己设定每天的消费预算，如果现在喝上一杯咖啡，晚餐的饭钱自然少了点。拿出钱包正在仔细计算，怪女人离开了海水，走到我身边。她从口袋里掏出一个小钱包，指着价目单上的冰棒图案。这么冷的天气，咖啡馆会卖冰棒吗？

看我们两个人在价目单前比手画脚，咖啡馆里的女侍者过来问我们要什么，很幸运，这个葡萄牙女侍者会说西班牙文和简单的法文。咖啡馆居然有卖冰棒，经过女侍者翻译，才知道怪女人执意要请我吃冰棒。

请客？她根本没钱啊。不想让她破费，又不愿意破坏快乐的气氛，我选了价目单上最简单、最便宜的冰棒。拿着冰棒，我们重新回到沙滩上坐着。晒着暖暖的太阳，嘴里吃着凉凉的冰棒，配着四周冷冷的空气，看着眼前蓝蓝的海水。两人的样子有点好笑，却让我有种莫名其妙的快乐。

如果是自己一个人来这里，真的就是找家咖啡馆坐下来，点杯热咖啡，看书打发时间而已。现在的我，身边坐个怪女人，跟她一起吃着冰棒，模样不优雅，心里却舒服又自在。刚刚走在路上、坐在电车里，那种拘束尴尬的情绪早被抛到脑后。要不是她的坚持，我绝不会在寒冷的十二月买冰棒来吃；

要不是她的陪伴，我无法体会这种意外的快乐。

伤痕

吃完冰棒后，怪女人边玩弄手上的冰棒棍子，边跟我说话。她真的太高兴了，忘了我听不懂法文，一个人不停地说着。不想破坏她的兴致，我装傻不断点头。过了一会儿，她干脆拿起棍子，在沙滩上画了起来。

她先画了一个类似六角形的图案，我知道是法国的地形。接着，在西北边角上，画了一个小小的家、一个小小的人，她比了比自己，又指了指那个小小的人。我想，她应该是在海边出生的，难怪看到海让她这么兴奋。

接着画了一个高塔，说了好几次"巴黎"这个词。高塔旁边，加了一个大一点的家，两个大人，加上一个小孩。说到这个高塔旁的家时，怪女人表情变了，一会儿高兴，一会儿悲伤，一会儿激动，一会儿又突然沉默起来，我根本猜不出来她在说什么。

越说越激动，她在沙滩上越画越多、越画越快。外套的长袖子有点碍事，让她画得不顺，怪女人停下来，挽起两只袖子后，继续在沙子上画着。就在这时候，我才看见她左右两只手腕上，各有一道红红的、十几公分长、歪歪曲曲的刀疤。

天啊，她割腕自杀过吗？

那两道伤痕令人触目惊心地挂在白白的手腕上，光是看着就很吓人。如果真是自杀而割的，应该是死意坚定？

像是发现了私人秘密，我有点不安，一直告诉自己，要装作没看到，装作不知道。只是那两道伤痕不断在眼前晃动，怎么也避不掉，根本没办法继续装傻听她说话。脑袋里起了好多问号：她真的自杀过吗？为什么要自杀？

情绪激动的她，没有察觉出我的不自在，拿着那根短短的冰棒棍，沉浸在她自言自语的世界里。

两个人的晚餐

不知道过了多久，太阳慢慢落下，天色暗了起来，海风也越吹越冷。我们比画半天，想要走回青年旅馆。

走了好一会儿，经过一个商业区，正好是下班时间，街上人车很拥挤。加上圣诞节又快到了，商店里挤满购物的顾客。在人潮簇拥下，我们看着热闹街景，慢慢地走着。怪女人的兴奋情绪渐渐散去，以为她累了，但在商店橱窗五颜六色的灯光照射下，她那浮肿的脸竟然没有任何疲倦模样。

快到青年旅馆前，经过一家小餐馆，是那种老旧俗气、只有当地人才会光顾的小餐馆。从窗户外，我看到服务生端着一盘盘烤鸡送到顾客面前。金黄油嫩的烤鸡，让我看得口水直流。

看看表，才知道已经晚上七点多了，肚子开始饿了起来。小餐馆在门口墙上挂了个小黑板，用粉笔写上每日特餐的内容和价格。今晚卖的是烤鸡,四分之一的烤鸡附沙拉和炸薯条,价格挺便宜的。

怪女人好像也饿了,青年旅馆提供她免费吃住,午晚餐只是简单的咸肉三明治。她应该吃腻了吧?我拿出钱包算了算,够付两个人的饭钱。我比了比餐厅,又指着钱包,表示要请她吃饭。这个邀请让她很意外,看得出来她很高兴。

我用力推开餐厅沉重的大门,拉着那个怪女人一起走了进去。刚进到里面,餐馆所有客人直直打量我们。有点不自在,不过肚子实在很饿,顾不了别人的眼光了。挑了张空桌子坐下,我点了最便宜的烤鸡套餐,又要了一壶免费的自来水。烤鸡是现成的,两盘特餐很快就送上来。

正要动手切烤鸡的当下,好像少了点什么,仔细一看,餐厅内每张桌上都有一小壶红酒。不是什么上等好酒,但在这样道地的小餐馆,配上最普通的烤鸡,还挺有味道的。尤其装酒的那种小陶壶,厚厚粗粗、圆圆胖胖的纯朴模样,实在很有葡萄牙味道。

啊,如果能来上一小壶红酒,这顿晚餐就太完美了。

我可没忘记青年旅馆工作人员的话,怪女人是个酒精中毒者,千万不能让她喝酒。偷偷地看着她,怪女人正拿着刀叉,心不在焉地切着盘子里的肉。这也难怪,四周顾客边吃边喝边聊天,热闹得不得了,我们两个人说不了话,只能安静用餐,配着透明无味的水。不需要别人示意，自己都觉得格格不入。

在这种用餐气氛下不喝点小酒，说不过去；点了酒，就我独享，又过意不去。

看着盘子里香喷喷的烤鸡逐渐冷却，更觉得自己很无趣。如果生活里随时担心这个、害怕那个，还有什么乐趣呢？偶尔冒险一下，又会怎么样？我到底怕什么啊？

想到这里，我招手喊了服务生，请他送上一小壶酒。酒送到桌上时，怪女人的表情有点惊讶。我装作若无其事，拿起小酒壶，替两人杯子倒酒。不多不少，刚好一人一杯。

怪女人先切了一块鸡肉，送进口中，才拿起酒杯准备喝酒。我呢，手里拿着刀叉假装切烤鸡，眼角余光却紧紧盯着她。有点担心她一口气喝光杯子里的酒；有点害怕，怕她酒精下肚发起酒疯。我像是躲在角落，等着抓小偷，一边想要阻止坏事发生，一边又担心控制不住状况。说真的，怪女人还没开始喝，我已经后悔点了这壶酒。

怪女人看了看手中的酒杯，轻轻尝了一口酒，表情显得很满足，像是喝到陈年好酒。停了一会儿，怪女人把酒杯放下，继续吃烤鸡。看到这里，我松了一口气，放下警戒，专心享用这顿晚餐。

我们吃得很慢，喝得很慢。酒的味道虽然很粗又有点涩，但配上小餐厅的气氛和烤得焦黄带汁的烤鸡，整体说起来还不错呢。不知道是餐厅内的温度还是酒精的关系，怪女人浮肿呆滞的脸上，开始有点颜色、有些光彩。她不时抬头微笑看着我，什么话也没说。

走出餐厅后，她紧紧抓着我的手，嘴里哼起一些我从没听过的歌。一人一杯葡萄酒还不至于喝醉，我们的心情是带点微醺的快乐。

终点站

回到青年旅馆都快十点了，原本以为旅馆工作人员会责怪我，想不到听到的头一句话是，法国火车罢工今晚结束，明天恢复正常。听到这个消息，我高兴极了，只要能搭明天一早的火车离开波多，圣诞夜前夕就可以抵达德国朋友家。按捺不住，想要立刻出门，打公用电话通知德国朋友。

正想转身，才想起来怪女人还在旁边。进到旅馆后，她的神情就黯淡下来，静静站在一旁，脸上又恢复原先那种呆滞神情。光顾着自己的旅程，忘了她同样被困在这里。又问了工作人员，才知道法国航空罢工活动还没结束，怪女人明天走不了。听到这里，有些歉疚。

或许是想弥补心里歉意吧，决定先把她带回房间。我们刚上楼，就看到四个年轻的葡萄牙女孩子，正从我住的八人房出来。女孩们穿着性感亮眼的服装，脸上涂得红红绿绿，应该准备出去狂欢一场吧。

她们看到我带怪女人上楼，没打招呼，冷冷瞄了一眼就下楼。这种没教养的年轻房客，我见多了，没什么好生气的。把怪女人送进了她的房间，送上了床，还替她点亮所有的灯。不知道是不是累了，她像个玩偶似的，任我摆布。等我离开房间，她只翻过身背对房门，什么话也没说。

打完给德国朋友的电话，我立刻回房整理行李。明天是早班火车，不想起床后才手忙脚乱打包行李，错过出发时间。仔细整理好大小背包，定好小闹钟，准备上床睡觉前，有点不安心，想去看看怪女人。光着脚，走到她的房门口，往里探头看了看，怪女人仍旧背对房门，动也不动地躺在床上。应该是睡了，我想。

回到自己床上，没几秒钟我也昏睡过去。不知道睡了多久，恍惚中，听到有人窃窃私语。声音刻意压低、压小，却像耳鸣一样嗡嗡嗡的低音，让人不舒服。过没多久，声音越来越大、越来越放肆，最后一阵狂笑声把我惊醒。

原本暗暗的房间变得很刺眼，挣扎半天，好不容易清醒过来，才发现同房的四个葡萄牙年轻女孩回来了，开着灯在房间大声说话。看看床头的闹钟，天啊，已经半夜两点了，就算她们不想睡，也得尊重同房的我啊。

我躺在床上，打断她们的交谈，提醒她们保持安静。几个女孩转头看了我一眼，连声抱歉都没有，继续聊着。

　　把身体转过去背对她们，想要继续睡觉。再过几个小时，闹钟就会响起，一个新的长途旅程等着我。不管她们怎么闹、怎么没教养，只要能让我继续睡觉就行了。眼睛刚闭上，女孩们的声音越来越大，又说又笑一点顾忌都没有。压着怒火等了半天，丝毫没有改进。忍不住，我从床上坐起来，生气地瞪着她们。谁知道她们完全无视我的反应，继续大声交谈。

　　既然不尊重我，我也不客气地用西班牙语开口大骂。西班牙语和葡萄牙语很相近，我不会说葡萄牙语，不过她们多少听得懂，懂我在骂人。四个女孩一下子静了下来，彼此互相看了看，场面有点难堪。

　　就在这时候，一阵惊人的尖叫声从隔壁房间传出来，所有人都愣在那里。过了好一会儿，才安静了下来。尖叫声来自隔壁的怪女人，我担心她有事，正想要出去看个究竟，四个女孩像是发现了答案，不约而同地看着我，用半嘲笑、半讽刺的表情对我说：

　　“你那个神经病朋友发病啦。”

　　“还说要我们安静，哼，先想办法让那个神经病闭嘴吧。”

　　被她们左一句、右一句刺着，我什么也没说，只是静静地躺回床上。她们像抓到把柄，笑个不停。不想和她们纠缠下去，我只有转过身，用毛毯盖住耳朵蒙头大睡。

尖锐的声音继续穿过毛毯，不断刺进我的耳朵，过了好久好久，不知道是她们说累了，还是我听累了，我终于睡着了。刚闭眼没多久，闹钟响了起来。很累、很不甘愿，勉强从床上爬起来。正想按下闹钟，看到那四个葡萄牙女孩睡得跟死猪一样，越想越气。这么可恶的人，干嘛对她们客气？

我让闹钟继续响下去，还把房间所有灯光全部点亮，抱着愉快心情，去外面的公共浴室刷牙洗脸。

我用的那个小闹钟，如果不按下闹铃的话，会越响越大声，持续十分钟后才自动停止。等我梳洗完毕回到房间，闹钟的铃声才结束，四个葡萄牙女孩全被吵醒，揉着惺忪睡眼，满脸怒气瞪着我。

我一点也不生气，反而大声地、愉快地跟她们用西班牙文道早安：Buenos dias！接着将大背包从柜子里拿出来，重重地放在房间中央的地上，边哼着圣诞歌曲，边做最后收拾。一切就绪后，才扛起沉重的背包，留下满房间的灯光、敞开的房门当作圣诞礼物，送给那几个没教养的年轻女孩。

临下楼前，我停在怪女人的房门口，看到她睡得很沉、很平静。不想把她吵醒，我踮起脚尖轻轻往楼下走去。

清晨的波多街上，我一个人静静地走着，静静地离开了这个城市，离开了那个才认识两天的陌生朋友。十二月的大西洋，就这样牢牢地记在我的脑海里。

故事里的菜单

浴火重生的烤鸡

说到烤鸡，就算从来不下厨的人也做得出来。洗干净的鸡，抹上盐、胡椒，再淋上一匙油或奶油，就可以送进烤箱。稍微讲究的人，会在生鸡肉上加酒去腥，然后再用香料、蜂蜜或酱油稍微腌一下。

刚出炉的烤鸡，香脆焦黄的鸡皮配上柔软多汁的鸡肉，让人胃口大开。这道简单又可口的菜只有一个问题，没吃完的烤鸡，就算隔餐再吃，味道也会大打折扣。要是放进冰箱，鸡肉会沾上其他食物的味道，原本烧烤的香味完全消失。

碰上像我这种讨厌吃鸡胸肉的人，不想勉强自己，又舍不得把好好的食物给丢掉，真的很为难。

因为如此，我从来不在家烤全鸡。偶尔嘴馋，买现成的烤鸡腿打发而已。直到搬去了摩洛哥，尝遍了那里的佳肴，无意中发现了一道摩洛哥名菜，居然可以改用烤鸡作食材，从此我再也不担心吃烤全鸡。痛快地吃完香喷喷的鸡腿、鸡翅后，剩余的鸡肉稍稍改头换面，就成了一道摩洛哥名菜：巴丝提亚饼（Pastilla）。

在摩洛哥遇到节庆，大家喜欢吃巴丝提亚。大大圆圆厚厚的酥饼，饼皮是阿拉伯式的春卷皮，内馅可甜可咸。甜的单纯包蜂蜜，夹杏仁；咸的变化多端，牛肉、鸡肉、鱼肉和海鲜都行。层次最高级、最传统的巴丝提亚饼，里面包的是鸽子肉，咸甜酥脆的口感，成了阿拉伯人的节庆大菜。

巴丝提亚饼的内馅随人而异，只是若没跟摩洛哥的妈妈婆婆们学过，怎么也包不出结实完美的大圆饼。试验了几次，我把大圆饼改成了意大利千层面的做法，简单又容易。

找个礼拜天吧，先去市场买点新鲜的春卷皮，再把青葱、洋葱、大蒜、香菜通通切碎，混上自己喜欢的香料和盐巴，用橄榄油慢慢炒出香味；吃剩的烤鸡肉，去骨后用手撕成小块；当零食吃的杏仁、花生，用刀背轻轻压碎；不嫌麻烦的，还可以准备两三颗硬硬的水煮蛋，用手捏碎。所有食材在大碗里混合，喜欢咸甜口味的，还可以撒上一大把白糖。

在烤盘上铺上铝箔纸，纸上涂点奶油或橄榄油。先放上三四张春卷皮当地基，涂上一层蛋汁，铺上一层混合好的鸡肉馅，不要盖得满满的，四周稍稍留点空间。接着加盖两张春卷皮，又是一层蛋汁、一层肉馅。三层、四层慢慢加盖上去。肉馅用完时，最后再铺上两片春卷皮当屋顶，别忘了抹上蛋汁，让大饼有个诱人色泽。一百八十摄氏度的热烤箱，上下火力十五分钟就行了。

上桌前，还可以在金黄酥脆的饼皮上撒点肉桂粉、白糖粉当装饰。

花一点点时间，没人理睬的剩余鸡肉，就成了一道阿拉伯风味的巴丝提亚千层饼。

橙子生涯 Carrière d'orange

　　法国有句俗语："带着橙子探望某人"，是探监的委婉说法。这个俗语听起来有点可怕，背后其实有个浪漫故事。

　　十九世纪末，几个年轻少女在巴黎艺术学校的庆祝活动里，穿得稍嫌暴露，被某知名人物一状告到法院。那个年代所谓的暴露，只不过是露个胳臂或小腿而已。

　　这个案子引起不少争议，审判宣布前，有位诗人特别写了一首诗，献给女孩们：

　　O！Sarah Brown！Si l'on t'emprisonne, pauvre ange

　　啊，莎拉布朗，如果他们把你关起来，可怜的天使
　　Le dimanche, j'irai t'apporter des oranges
　　礼拜天，我会给你送上橙子

　　诗人利用法文里天使（ange）和橙子（orange）的押韵，表达对少女的支持。因为这首诗，从此法国人就把橙子和监狱连上了关系。

认识皮耶好几年了，但每次跟他通电话，总会有几秒钟的
震撼——

"皮耶，你在哪里？后天一早我们要回突尼斯了。什么时
候可以把家里钥匙留给你？"

几年前我们在巴黎郊区买了栋小公寓，皮耶是我们的邻
居。当我们不在家时，他会帮忙开信箱、收邮件，偶尔打开家
里窗户透气。

"啊，真不巧，我现在在监牢。你可以打手机给我太太，
直接跟她联络。"

监牢？皮耶在监牢？

每次听到这样的回答，老是反应不过来。别误会，皮耶不
是惯窃抢匪，他曾是法国司法部的高级官员。两年前退休时，
受不了无所事事的新生活，转身成了社会机构的义工，用他的
专长和经验帮助误入歧途的青少年。

在皮耶的生命里，牢狱生活占了很重要的部分，他的第一
份工作，就是辅导青少年罪犯。在没有任何人事背景或司法
高学历帮衬下，皮耶从一个小城的教育辅导员，一步一步走上
去。法国几个出名大监狱，皮耶都曾当过典狱长。

理所当然，皮耶成了我们在巴黎最信任的人，每次回去，
最期待的就是去皮耶家串门子听故事，听他说那些惊险刺激的

监狱故事。

皮耶和皮耶

在法国政府里，司法单位算是比较不会做宣传的政府部门。当其他部门忙着召开记者会，发表工作绩效报告，如经济上升、教育程度提高、失业人口下降等这类正面消息时，司法单位因为角色的关系，很难跟其他单位一样，抢着发表"业绩"。

皮耶也是如此，是那种努力工作，却从来不替自己宣传的人。唯一的一次，居然成了新闻主角。

在他担任法国北部大监狱的典狱长时，有一次，某个犯人的太太清早就来排队探监。碍于司法程序问题，犯人被暂时隔离，禁止会客。犯人的太太听到这个消息情绪失控，在会客室大吵大闹，吵着要见典狱长。

她年纪很轻又怀有身孕，监狱工作人员怕伤了她和胎儿，不愿意动用警力来制服。在为难的状况下，他们用电话通知了皮耶。二话没说，皮耶立刻请工作人员将犯人的太太带到办公室。

说也奇怪，刚刚在会客室发飙的疯女人，一进到典狱长办公室，整个人突然安静下来。陪同的工作人员很尴尬，怕皮耶责备他们大惊小怪。教育辅导员出身的背景，皮耶清楚犯人家属心情，他向工作人员摆摆手，要他们不要担心。皮耶用慈祥的口吻，仔细向她解释禁止会客的理由。

皮耶跟她谈了大约十分钟，年轻女人只是低着头静静听着，没有任何反应。听完皮耶的解释，她什么也没说，甚至连道谢、再会都没说，挺着鼓胀的肚皮沉默地离开。

犯人家属的反应，皮耶一点也不生气，相反的，替这个年轻妇人担心。他请秘书立刻调出犯人档案，亲自拿起电话，打到犯人居住的当地警局。那时候，皮耶已经在北部的司法机构工作了五年，对各地警察局相当熟识。他麻烦当地巡逻的警员，注意犯人家属状况。

挂断电话后，皮耶埋头在堆积如山的文件里。那天下午，还赶去百公里外的另一个监狱开会，回到公家宿舍时，已经晚上十点多了。刚进家门，来不及放下公事包，读高中的女儿兴奋地朝他喊着：

"爸爸，你成了英雄，成了英雄啊！"

看女儿高兴的样子，皮耶满脸疑惑。女儿跟他解释，从黄昏开始，不断有记者打电话到家里，想采访皮耶。法国几家电视台还派了采访车和记者，在宿舍门口等了半天。

"采访我？出了什么事？"

话没说完，女儿把刚刚录下的新闻影片放给他看。

原来，那个怀孕的年轻女人回家后情绪低落，把自己关在家里，打开厨房瓦斯想要自杀。幸好巡逻的警员事前跟大楼管理员联系过，当邻居闻到浓浓瓦斯味后，大楼管理员立刻通知警员和消防队，适时破门而入，将昏迷不醒的少妇从死神手里抢救回来。

这种自杀的社会新闻平常不会引起记者注意，但年轻女人住的地方，就在市中心广场旁，当晚有场大规模演唱会。警车、消防车、救护车同时抵达广场中央，并将四周住户暂时撤离的大规模动作，引起采访演唱会记者的注意。

记者们仔细追查新闻起因，才了解皮耶的直觉不只救回年轻女人和腹中胎儿的性命，也预防了一场大型意外灾害：演唱会所在的广场，可以容纳几千名观众，要是瓦斯外泄引起爆炸，爆炸造成群众恐慌四处逃窜……一想到这样的结果，在场所有记者冒了一身冷汗。

因为如此，皮耶一夕之间成了英雄，成了媒体争相采访的英雄人物。

看完电视台的报道，皮耶很意外整件事变得如此戏剧化。身为司法工作人员，对自己的言行举止非常谨慎，他跟女儿解释，只是做该做的工作，既不是英雄，也不想成为社会新闻里的主角。

女儿对皮耶冷淡的反应有点失望，不过从小在监狱宿舍长大的她，对父亲工作非常清楚，只能把这点骄傲摆在心里。

事情可没这么快结束，第二天一早在办公室里，皮耶接到司法部长亲自贺喜的电话。这个意外事件替司法单位做了最成功的宣传：谁能想到，一个典狱长居然拯救了两条性命。在司法部安排下，皮耶勉为其难地接受了媒体采访，这个英雄事件才暂时画上句点。

三个月后，皮耶接到了一封信，一封由监狱守卫代转的信。打开信封，里面有张淡蓝色小卡片，卡片上印着一对小足印，初生婴儿的足印，是那个企图自杀的少妇和她的犯人先生合写的。三天前他们的孩子平安诞生，一个健健康康的小宝宝。

为了感谢皮耶，他们夫妻决定给孩子起名"皮耶"。这张淡蓝色的小卡片是皮耶牢狱生涯里，最温馨的回忆。

弄巧成拙

在北部监狱工作了六年，上级决定把皮耶调派到巴黎，担任全法国最出名监狱的典狱长。巴黎的那个监狱，关的可不是一般犯人，全都是赫赫有名、恶名昭彰的罪犯：恐怖分子、重大经济罪犯、重大刑案犯，各式各样"明星级"犯人，通通集中在巴黎市中心的监狱里。

能够扛起这个监狱的重责大任，对皮耶的司法生涯是个非常重要的里程碑。就在启程前往巴黎的一个月前，皮耶却差点毁了自己的前途，差点让自己尝到牢饭。

法国监狱通常设有工厂，犯人们每天去工厂工作，月底有一笔收入。每个监狱工厂生产不同产品，皮耶工作的北部监狱跟附近造纸厂合作，纸厂提供切割好的纸张，犯人们负责抹上胶水，粘折成信封。

信封制作过程不需要刀子，也用不到尖锐工具，只是成品完成前，必须拿一个类似熨斗的沉重铁器，压在信封上，让信封成型。监狱工厂生产信封好多年，从没出过任何意外。对监狱负责人来说，这样的经济活动对犯人、对监狱的管理，各有收获。

很不幸，不是所有人都有这样想法。

某一天，当犯人们在工厂工作时，有个负责拿熨斗压信封的年轻犯人，特别不认真。压信封的时候，看也不看，乱压一通。同组犯人们抱怨了半天，年轻犯人仍然不改。犯人们的收入随工作成果来决定，信封做得不好，造纸厂拒收，犯人就没有收入。那个年轻犯人的举动，引起其他犯人不满。

为了避免犯人内讧，负责监视的资深老警卫，走到年轻犯人身旁，提醒他注意工作态度。老警卫话还没说完，年轻犯人随手拿起沉重铁器，一把就往老警卫脸上砸过去。

在场的犯人和警卫想要上前阻止，已经迟了，老警卫当场倒下，脸上流满鲜红的血，年轻犯人立刻被其他警卫制服。一阵慌乱，老警卫被送到医院急救，年轻犯人被押解到特别牢房。

听到这个消息，皮耶非常愤怒，那个受伤的老警卫再过几个月就要退休了，年轻犯人的那个重击可能会要了老警卫的命。更何况，这个意外事件要是传出去，可能会让工厂关闭。对很多家境清寒的犯人来说，工厂的收入是他们唯一经济来源。少了这笔钱，又没有替补的活动，牢狱生活会更难打发，犯人们的情绪更难管理。

年轻犯人的这个举动不可原谅，为了了解真相，皮耶决定亲自审问犯人。年轻犯人被带到了审问室，隔着一张小木桌，皮耶压住怒气，只想了解为什么年轻犯人要闯下这样的祸，还特别向年轻犯人解释，这个事件可能引发的种种后果。

皮耶严肃的态度，丝毫没让年轻犯人觉得惭愧，他反而用不屑的眼神回应。当皮耶提到老警卫的状况时，年轻犯人居然脱口而出：

"那又怎样？你要把我杀了吗？你有这个胆吗？"

法国没有死刑，年轻犯人的话根本就是挑衅找碴。皮耶忍不住，伸手重重地往年轻犯人脸上打了一耳光。年轻犯人没有防备，被打得跌到地上。混乱中，甚至把询问用的小木桌都给压垮了。

皮耶出手的那瞬间，知道自己错了，但已经来不及缩手。

倒在地上的年轻犯人摸着红肿的脸，狠狠地瞪着皮耶，什么话也没说，火爆的审问场面在这一记耳光声中草草结束。年轻犯人被带回牢房，皮耶心情沉重地走回了办公室。多年来接触过无数罪犯，这是他第一次动手打人。

隔天清早，年轻犯人在牢房哀号，吵着要看医生。警卫们上前查看，才发现年轻犯人捂着耳朵，脸上、手上，全是鲜血。警卫赶紧把犯人送到医护室，初步检查结果是耳膜破裂。在年轻犯人要求下，替他辩护的律师连忙赶到监狱，年轻犯人要控告监狱典狱长皮耶：动用私刑，体罚犯人。

在法律面前，就算是犯人也有捍卫自己的权利；在法律面前，就算是刑罚的执行者，也没有被赦免的特权。

从犯人被送到医护室，皮耶就接到工作人员的通知。接下来的程序，他再清楚不过：法院会指派独立检察官，调查整个意外的真相。皮耶知道自己不该打那一掌，错误已造成，只有面对现实。

尽管被告是大监狱的典狱长，司法单位也没有给予特权，内部纪律检察官很快就展开调查工作。至于受伤的年轻犯人，则被送到北部的大医院治疗检查。

犯人提出控诉当天，检察官立刻封锁了年轻犯人的牢房，开始询问所有相关证人。

经过一整天调查会谈，最后终于轮到了皮耶。在意外发生的那间审问室，同样隔着一张小木桌，这回皮耶成了被告。检察官带着严肃的面孔，在桌子另一边坐下，准备审问。审问开始前，突然有人敲门，是助理检察官送来医院的诊疗报告。检察官在皮耶面前打开了信封，从他的脸上看不出任何表情。

这一刻皮耶心情特别复杂，他从没想到有一天会坐在被告的位子上。眼前不是法官，身后也没有在场旁听的大众，但检察官的沉默、手上纸张翻动的声音，在那间小小审问室里显得好刺耳。短短几分钟的静默，就像是暴风雨前的宁静，静得让人害怕。

终于，检察官合上了医院的报告，他看着皮耶，开始审问。检察官的开场白，皮耶清楚得不得了，只是他再也不是旁观者。听完检察官的问题，轮到皮耶辩护。皮耶解释了整个事件发生经过，检察官一边仔细听着，一边动手做纪录，脸上没有任何反应。等皮耶讲完后，检察官看着他，直直说出下一个问题：

"有没有动手打他？"

看着检察官，皮耶没有迟疑：

"有，我打了他一耳光。"

身为司法人员，皮耶追求的是真相。他很清楚说出真相的后果，只能将自己的未来交给法律裁决。

听完皮耶的回答，很意外，检察官点点头露出满意表情，让皮耶很惊讶。检察官跟皮耶解释，所有相关证人的证词，明白指出是年轻犯人故意挑衅，所有证词都对皮耶有利。检察官说，他很欣赏皮耶的诚实，没有利用职权影响调查工作。

　　检察官的真心话，皮耶很感谢，但能改变什么呢？

　　"的确，不管如何，您这一耳光打到他的脸上，伤的却是自己。"

　　检察官露出浅浅微笑，接着说：

　　"这一掌，假如真的伤了他，您的家人恐怕得带着橙子去探望您了。"

　　听到检察官的这番话，皮耶心头寒了一下，等等，为什么检察官说的是，"假如真的伤了他？"那个年轻犯人不是耳膜破裂吗？皮耶不解地看着检察官。

　　"您真的很幸运，根据医院检查结果，年轻犯人的确是耳膜破裂，伤势相当严重。不过，您那一巴掌到底有没有伤到他，没有人知道。"

　　检察官打开了医院的诊断报告：

　　"他的耳膜破裂是外力刻意造成的，我们已经在犯人的牢房里，找到了证物。证物上面，犯人留下了自己的指纹。"

　　原来那个年轻犯人被皮耶打了一耳光，跌到地上时，不小心把小木桌给弄破了。混乱中，犯人偷偷把一根碎落的小木条藏在身上，等回到牢房后，夜深人静，犯人拿起木条用力地、狠狠地戳伤了自己的耳膜。

听完检察官的描述，皮耶深深吐了一口气，年轻犯人设下的这个陷阱，让他差点就跌了进去。检察官合上医院的诊断报告，收起微笑，很严肃地看着皮耶：

"典狱长先生，您很诚实，也有责任感，但幸运之神可不会永远守在身旁。"

的确，这件事让皮耶学到一个教训，若不能控制自己的情绪，会造成无法弥补的错误。这次能跟错误擦身而过，皮耶真的很幸运。

一个月后，他离开了工作六年的北部监狱，带着家人搬进了巴黎的监狱宿舍。打耳光事件没有影响到皮耶的"牢狱生涯"，反而让他学到了更多的东西。

至于巴黎，是另一个更大的挑战。未来，幸运之神会不会跟着他，没有人知道，新的挑战只能靠自己来应对了。

电影院的号码牌机

皮耶和家人很快就适应了巴黎的新生活、新工作，除了米卡——皮耶家的宝贝，一只全黑的德国牧羊犬——在巴黎新家住不惯。

米卡是皮耶在北部监狱工作时，岳父母送给外孙女的圣诞礼物。当时的监狱在郊区，皮耶一家人住的监狱宿舍有个大院子，牧羊犬米卡从小就习惯在户外自由奔跑。

搬到巴黎后，监狱位于市中心，宿舍公寓很宽敞，却没有院子让米卡玩耍，让它很郁闷。一家人商量讨论，定下时间表，轮流带着米卡去附近公园。女儿担任早班，老婆接手午班，皮耶则负责晚班。

这样的安排米卡似乎很满意，每天三次放风，米卡会迫不及待地衔起颈圈，等在门边。

一个严冬清晨，女儿感冒了，有点发烧。米卡叼着颈圈，在女儿的床边转来转去。狗狗感觉出异样，但毕竟关了一个晚上在家里，想要奔跑的欲望弄得它很不安。为了让女儿休息，皮耶拿起颈圈，带着米卡出去溜达。米卡知道换了主人，心急地拉着皮耶往监狱外走去。

一出监狱大门，正准备往公园方向走，皮耶看到了监狱侧门前排了长长的队伍，是犯人家属们排队准备探监。每天探监名额有限，早上九点才开放。很多从外省赶来探监的家属，为了不落空，往往半夜就在监狱外面排队。

看到这个情形，皮耶很吃惊。这么冷的天气站在巴黎街头，四五个小时下来，谁受得了？

皮耶什么也没说，继续牵着家里的狗在公园绕了几圈。等进到办公室，头一件事就是联系探监事宜的负责人，讨论了半天，最后决定用发号码牌的方式，改善这种熬夜排队现象。

问题是，监狱根本没有号码牌机器，如果由狱方申请购买，至少得等上两三个礼拜。皮耶突然想起有个朋友在电影院工作，打了通电话给朋友，当天就借到了电影院专用的号码牌机器。隔天起，想要探监的亲属只要凭着事先拿到的号码牌，可以知道预定探监的日期，不需要再彻夜排队。

这个小措施皮耶根本没放在心上，直到第二年，当时法国几个著名的监狱同时发生暴动情形。暴动火苗还没延烧到首都，但骚动传闻不断，牢房里气氛诡异，工作人员都处于紧绷状态。

战战兢兢熬了几个礼拜，这场全国监狱串联的暴动总算平息下来，奇怪的是，巴黎监狱居然连个小麻烦都没有。上级单位很惊讶，皮耶和监狱工作人员也理不清头绪。

暗中打听，最后大家才知道，监狱的犯人们的确暗中计划了一场大规模暴动。在行动前夕，犯人家属们联手极力劝阻，才避免了一场大意外。犯人家属的这个做法，是为了感谢皮耶，还有他想出的那个电影院号码牌措施。

永不说再见

功成圆满离开巴黎监狱后，皮耶升官了，成为司法部高级官员。新办公室在巴黎市中心，布满高级名店的广场。新头衔、新工作环境没有让皮耶染上官架子，相反，教育辅导员出身的经历让他做决策的时候，更能贴近基层的需要。

皮耶的新职务除了全国监狱管理外，还多了对外联系，与外国司法同业交流。

有一回，有个北欧来的司法代表团，一行十个人，全都是北欧国家司法部的精英。他们受邀来法国，参观几个监狱的新措施，是皮耶负责招待。三天紧凑的参观活动后，代表团回到了巴黎。

访问结束前夕，司法部特别准备了精致的法国菜，宴请这些外国代表。晚餐过后，代表团的外国官员对这次行程相当满意，唯一遗憾，没有时间欣赏巴黎风光。在法国美酒助兴下，代表团有人提议，想去香榭大道旁一家很出名的酒吧，为这趟法国之行画上完美句点。

皮耶从没去过那里，听说有些火辣的表演场面，他不是伪君子，但对那种地方真的没兴趣。不想扫大家的兴，皮耶决定以私人名义带这些外国同事们，参观巴黎的夜生活。

出发前，皮耶特别说明，纯属私人活动，所有费用大家分摊。公私分明的做法，代表团没有人反对。一行人高兴地搭上了地铁，来到香榭大道。

一进到酒吧，来不及适应五颜六色闪烁的灯光，一个穿着火辣的女服务生笑眯眯地出现在众人面前。在她玲珑曲线带领下，他们在酒吧角落找到了一张大桌子围着坐下。

看了饮料单，价钱相当昂贵，大家都只是领固定薪水的公务员，不约而同点了最便宜的啤酒。

酒吧的装潢看得出来是花了大钱，经过名家设计的。无论是表演的舞台、皮制的座椅，甚至女服务生的性感服装，都嗅得出来高贵气息。众人眼光还没打量完，饮料就送上来，是另一个同样性感的女服务生。她的托盘里一杯啤酒也没有，只有一个大冰桶和香槟酒杯，冰桶里还摆着一瓶高级香槟酒。

皮耶从没来过这种高级酒吧，但似乎看出酒店的伎俩，想浑水摸鱼，让客人花大钱喝香槟。不想上当，皮耶连忙向女服务生摇手，说他们点的是啤酒，不是香槟。女服务生摆出职业微笑跟皮耶解释，这瓶香槟酒是酒吧特别招待的。

"特别招待？"

怎么可能？在这种高级酒吧，而且还是巴黎的香榭大道旁，一瓶香槟酒是他半个月的薪水，酒吧怎么可能免费招待呢？在座所有代表团团员都会说法文，他们的反应跟皮耶一样，对女服务生的解释觉得可疑。

不想当冤大头，也不想破坏气氛，皮耶耐着性子跟女服务生又说了一次。

说归说，女服务生满脸笑容将香槟和酒杯放在桌上。看到她无辜装傻的态度，皮耶拉下脸准备说重话的时候，只见一个穿着高级西装、衬衫领口大开的卷发中年男子，搂着一个性感美女，后面还跟着两个高壮男人，神气地走到皮耶身旁。

皮耶察觉出异样，仔细打量眼前这个男人。大约五十出头，身材保养得很好，一脸古铜色，脖子上挂着一条相当有分量的金链子，手上还戴着一个闪亮的钻表和白金戒。看男人神气的架势，皮耶有种不祥预感。

面对凶神恶煞的经验太丰富了，他没有被男人的气势吓到，心定气闲地正要开口，中年男子满脸笑容先向皮耶伸出了手：

"老长官，好久、好久不见！真的是太意外，也太荣幸了，居然能够在这里跟您重逢。"

老长官？皮耶是那种过目不忘的人，任何共事过的人，就算时间久远也不会忘记。眼前这张黝黑消瘦的脸孔，却怎么也想不起来了。皮耶疑惑的表情，让男人笑得更开心。放开身旁的性感美女，男人用双手把自己一头卷发往脑袋后面拉，让皮耶看清楚他的面孔：

"老长官，您忘了我啊？我是堤里，巴黎监狱第五舍的堤里。"

经男人一说，皮耶才想起来，原来是鼎鼎有名的第五舍堤里。这也难怪，监狱里的犯人留的都是小平头，而且记忆中的堤里长得又白又胖。这么大的变化，难怪皮耶认不出来。

忘了说，第五舍的堤里其实是黑社会大哥，皮耶到巴黎监狱工作时，堤里已经在那里待了好几年。失去自由，但堤里在牢房里还是相当有影响力。

堤里热情地跟代表团所有团员握手寒暄，招呼大家坐下，然后解释他跟皮耶熟识的经过。

皮耶刚到巴黎监狱上任，犯人们跟监狱警卫的关系相当紧张。那一阵子，外省监狱已经连续发生两起重大刑案犯装病，趁保外就医成功脱逃的案例。巴黎监狱的警卫们，对生病犯人特别留意，以免受骗上当。

就在那时候，有个犯人说自己肚子痛了好几天，监狱医生初步检查是吃坏肚子，开了肠胃药让生病犯人服用。想不到吃了药，犯人还是躺在床上，警卫不想上当，任由生病犯人在牢房呻吟。同房犯人察觉状况不对，跟警卫提了几次，狱方就是不为所动。

最后，一些犯人利用早上固定运动时间，联合起来挟持了两个警卫当人质，又控制了运动场出口，要求跟狱方谈判。闹事现场只有十几个犯人，但运动场位于监狱中心，四周都是牢房，闹事犯人们的举动，很快得到其他犯人的支持回应。大家用手边的锅碗瓢盆，敲打鼓噪，为占据运动场的犯人们鼓励叫好。负责安全的主管跟闹事的犯人沟通，完全无效。

僵持了几个小时，眼看事情越闹越大，最后皮耶亲自出马跟示威犯人面谈。出发谈判前，监狱干部们纷纷劝阻，他们警告皮耶，示威犯人里有好几个硬底子黑道人物。他们推测，犯人只是借机闹事而已。

皮耶不想逞英雄，但事情发展到这个地步别无选择。如果动用武力，人质警卫的安全受威胁；如果出面谈判，事情或许还有转圜余地。身为监狱负责人，这是他的工作。

在一群警卫和安全人员陪同下，皮耶来到运动场前的铁门旁。隔着铁栏杆，一边是示威犯人，一边是执法人员，加上四周牢房铁窗里围观的脸孔，现场气氛相当沉重。皮耶挥挥手，向身后安全人员示意，要他们往后退，自己一个人慢慢地往铁门走去。负责看管铁门的犯人，缓缓把门打开。

皮耶刚走进运动场，身后铁门就被重重关上。他镇定地一步一步往示威人群走去，最后在犯人面前停下来。刚站定，只见一个富态的光头男子，满脸凶狠地来到皮耶面前。所有示威犯人，同仇敌忾盯着皮耶。

皮耶猜想，眼前这个男人应该是示威犯人的带头者。他对男人说：

"我是新来的典狱长。"

男人叉着双臂，不屑地看着皮耶，把他从头到脚打量一回，然后骄傲地说：

"我是堤里，第五舍的堤里。"

不想浪费时间，也不想让围观犯人气焰增高，皮耶直接切入话题，要堤里说出犯人们的诉求。堤里有些惊讶，没想到新来的典狱长这么干脆。他也懒得说废话，要皮耶保证立刻送生病的犯人就医，而且绝对不处罚示威犯人。

皮耶一句一句仔细听着，当堤里态度强硬地说完后，皮耶点头同意。不过，他也有条件：

"你们立刻释放被挟持的警卫，立刻结束示威活动。"

听到皮耶的条件，现场其他犯人又喊又叫，要堤里不要受骗上当。犯人的鼓噪，皮耶丝毫不为所动，眼神坚定地看着堤里。堤里慢慢举起右手，果然是大哥，手刚抬起，现场便鸦雀无声。

"要我相信你？你把我当傻子啊？"

面对堤里挑衅的神情，皮耶不缓不急地回答：

"你不是傻子，你是第五舍的堤里。至于我，是监狱的负责人，说到做到。现在就由你来决定，要不要相信我的话。"

皮耶铿锵有力地把话说出来，堤里盯着他看了好几秒钟，最后才说：

"我对你们这些做官的，向来没信心。"

顿了一下，继续说：

"不过呢……看在你是新来的，不想难为你，决定信你一次。如果，如果你敢骗我，我会让你接下来这几年过得很、痛、苦！"

最后那句话，堤里一个字、一个字慢慢说出来。语气看似轻松，威胁气氛却相当浓厚。皮耶没有被那几个字吓到，从容不迫地点头：

"我相信你做得到。"

堤里知道自己碰到对手了，不想继续僵持下去，他向身边的人示意，大伙让出一条路，把那两个受伤的警卫带到皮耶面前。在众人注视下，皮耶扶着受伤的警卫走出了铁门。运动场上的犯人排队站好，在皮耶示意下，监狱警卫进到运动场，把犯人们一一带回牢房。

当最后一个犯人离开现场时，看着空旷的运动场，皮耶紧绷的情绪一下子垮了下来，害怕的感觉袭击全身。

来不及想太多，皮耶立刻下令将生病犯人送医检查。一个小时后，医院传来消息，犯人真的生病了，而且还是严重的肠梗塞。要是再晚个几小时送医，恐怕性命不保。

诊疗结果出来后，皮耶召开紧急会议，跟监狱所有干部讨论整个事件处理过程。他没有处罚任何失职人员，只要求加强监狱的医疗系统，并且改进犯人的管理方式，以免未来发生类似的暴动。

至于那些示威的犯人们，就像皮耶承诺过，不但没有人受到任何惩戒，而且隔天，皮耶亲自向大家宣布生病犯人的治疗状况。

一阵掌声，把皮耶从记忆中唤醒。堤里笑呵呵地搂住皮耶，跟在场其他人说：

"跟我交手过的典狱长中，说真的，他是最有人性、最好的。"

被堤里左一句又一句地称赞，皮耶满脸尴尬。来不及反应，堤里拿起桌上的香槟，砰的一声就打开了酒瓶：

"老长官，这是我对您的一点敬意。"

原来现在的堤里，成了巴黎最有名酒吧的老板。想要阻止已经来不及，堤里把香槟倒进了酒杯，分给在座所有人。

"来，为我们这位好长官敬一杯！"

在座的北欧代表团官员，纷纷拿起酒杯向他致敬。看代表团团员兴致高昂，堤里凑到了皮耶耳朵前，悄悄对他说：

"老长官，如果您和您的客人需要，我把酒吧里最漂亮的女孩叫过来。今晚，所有开销包在我身上。"

听到这番话，皮耶哭笑不得，看着堤里认真的表情，只好摆出典狱长的脸孔：

"堤里，如果你还把我当长官看的话，就别害我。"

堤里连忙摆手：

"老长官，我报答您都来不及，怎么会害您呢？这样吧，要不然我让服务生再送上两瓶香槟。"

堤里抬手准备召唤服务生，皮耶一把拦下：

"堤里，第一瓶香槟酒算是你的礼物，我很高兴跟大家分享。接下来的免费香槟，就成了贿赂。如果有人揭发的话，搞不好我们会变成牢房室友呢。"

堤里知道老长官认真的个性，没有坚持。酒吧客人越来越多，堤里忙着招呼，留下皮耶和他的北欧客人们。看完一场火辣的表演，又喝完手中的香槟酒，大家心满意足准备回旅馆。离开酒吧前，堤里特地把所有女服务生召集起来，列队欢送皮耶他们，盛大的场面吸引所有酒吧客人的注意。在美女围绕下，在一束束好奇眼光中，皮耶好不容易走到酒吧大门。

在那里，堤里张开双臂热情拥抱皮耶，紧紧地抱了好久才放手。看到老板松手，随身的贴身保镖才打开酒吧大门，恭敬地欢送皮耶。

从敞开的大门外，皮耶闻到一股清新的空气，让人有种自由、如释重负的感觉。他转过头准备跟堤里道别，堤里已经先说出口：

"老长官，谢谢光临，再见。"

皮耶突然想起监狱的忌讳，离开的犯人永不说再见。他轻轻地向堤里挥手，然后头也不回往地铁站走去。他向来不迷信，但永不说再见的忌讳，用在与堤里的关系上居然还灵验。从此，皮耶再也没有跟堤里碰过面。

故事里的菜单

皮耶太太的家传甜品

每次去皮耶家串门子，听完那些监狱风风雨雨的故事，他们夫妻总是热情招呼我留下来吃晚饭。我嘴上客气拒绝，心里高兴极了。

皮耶工作的关系，他们夫妻俩几乎住遍全法国。每搬到一个新地方，皮耶太太会学上几道当地佳肴，多年累积下来，皮耶太太成了法国菜高手。最让人感到温馨的，不管是准备大宴还是小酌，皮耶太太像写日记一样，会记下客人的名字和当天的菜色。去他们家吃过很多次饭，菜色从没重复过。

法国人在家请客，通常会准备全套的餐点：开胃小点心、前菜、主菜、乳酪和甜点依序上桌，一顿饭可以吃上三四个小时。皮耶家的晚餐没那么正式，但一定有开胃的前菜、丰盛的主菜和甜蜜蜜的饭后点心。

我是个差劲的客人，每次看到诱人的前菜和主菜，胃口大开停不下。等甜点出现，肚子早被撑饱吃不下其他东西。每次看着眼前的点心，只能摇手拒绝，用新鲜水果或一小罐优酪乳替代。

皮耶太太看出来我对她的甜点不感兴趣，身为烹饪高手，应该不甘心吧。

那一次，听完皮耶打年轻犯人耳光、差点坐牢的故事后，皮耶太太准备了烤羊腿当晚餐。烤得柔嫩多汁的羊腿肉，我一口气吃了两大盘。轮到饭后点心，照惯例想拒绝，皮耶太太把一个透明的高脚杯放到我面前，不给任何协商机会。

仔细一看，居然是慕斯，我露出为难表情。正想开口解释，皮耶太太抢先一步：

"我知道你不喜欢太甜、太油腻的蛋糕，也很讨厌生蛋黄、生蛋白做的甜点。这不是一般的慕斯，是我意大利老家的传统点心沙巴雍（Sabayon），配上你喜欢的东西。"

对了，皮耶太太的妈妈是意大利人，虽然生在法国，但她可是意大利妈妈养大的，要跟她争论食物、食量，我绝对赢不了。没有商量余地，只好拿起点心先欣赏她的手艺。

透明的高脚杯里，除了一层浅黄色的慕斯外，中间白白的那一层很像鲜奶油，最下层看得出来，是鲜黄的柳橙果肉。看我迟迟不动手，皮耶太太不放弃，认真解释沙巴雍：

"算是慕斯甜点的一种，但做法完全不同。几颗新鲜的蛋黄、现榨的橙汁、糖，加上几勺香甜的白葡萄酒，混合后除了隔水加热，还得继续用打蛋器打到起泡。手的力量和底下的热气并用，原本扁扁的蛋黄酱成了蓬松浓稠的泡沫。装到杯子、小碗里后，有人喜欢趁着微温，配上水果或饼干一起吃。我们老家都是吃冰凉的沙巴雍，冷冻库放一个小时刚刚好。请慢用！"

听到这里，再也找不出借口，好吧，不能辜负皮耶太太的心意。我拿起甜点小汤匙，舀了一点乳黄色慕斯放进口中。

嗯……味道好清爽，没有一般慕斯那种厚重的口感；冰凉泡沫融化后，嘴里是柑橘的果香，完全没有蛋腥味。将汤匙朝着杯底挖下去，白白的那一层居然是优酪乳，至于最下层的柳橙果肉，皮耶太太先用甜酒腌过，跟最上层冰冷的沙巴雍有同样的酒香。

清爽的沙巴雍、冰凉的优酪乳，最后再配上新鲜多汁的水果，我一点也不犹豫，几口就全部吃光。看到我满足的神情、空空的杯子，皮耶太太笑得好开心。我这个难搞、挑嘴的客人，终于被她征服了。

橙子生涯

逆转人生 Le grand virage

　　法国点心里，我特别喜欢杏仁小蛋糕，金黄长方形的外表，不甜不腻、香浓可口。只是不懂，这么好吃的点心怎么会被称为"金融家（Financier）"呢？

　　偶尔去瑞士探望朋友，才解开我的疑惑。朋友是家庭主妇、四个孩子的妈，对食物的营养卫生特别在乎。她做的杏仁小蛋糕，是直接去农庄买来奶油和鸡蛋，又把整颗杏仁去皮、磨成粉末，配上全麦面粉和粗糖做出来的，好吃到让人停不下口。

　　朋友说，杏仁小蛋糕是法国甜点师傅发明的，为了让爱吃甜食的修女们不要弄脏手和衣袖，特别将传统大蛋糕做成了小而圆的形状，用手指就可轻轻拿起放入口中。

　　小圆蛋糕传到瑞士，那里的甜点师傅将蛋糕改成了像小金块的长条形，还给它取了个很瑞士的名字：金融家。

艾力克不是那种会读书的料，从小学起，留级成了家常便饭。在法国，正常情况下年轻人十八九岁通过高中会考（BAC），可以拿到基本学历文凭。艾力克智力正常，就是静不下心来读书，每次坐在教室拿起课本，老想打瞌睡。奇怪的是，下课铃声响起，他就像睡醒的狮子全身充满活力，在操场上尽情玩耍。可想而知，艾力克的学业成绩能有多好？

他还是拿到了高中文凭，不过已经二十二岁了，自知没有读书的细胞和脑袋，艾力克根本不想申请大学或进职业学校，他决定立刻去当兵。

决定当兵，不是向往军人生涯，只是那个年代，每个法国男孩还有服兵役的义务。既然早晚都要当兵，不如早早尽了这个义务。至于未来，艾力克一点也不担心，从小到大愿望一直没变，当其他同学想着当科学家、律师、教授甚至总统那些高高在上的工作时，艾力克只想当邮差。坐不住、静不下的个性，要他待在办公室，简直像坐牢一样。只有像邮差这种骑着脚踏车，在大街小巷自由穿梭的工作才适合他。

艾力克高兴地穿上军服，尽国民义务。

荣耀的未来

艾力克运动细胞很发达，任何运动一学就会。从小学到高中参加过各式各样俱乐部：体操、柔道、游泳、足球、篮球、乒乓球、橄榄球、冰上曲棍球。凭着利落身段，军人生活如鱼得水，任何操练都难不倒他，大小体能竞赛永远名列前茅。

眼看兵役生涯即将结束，艾力克的杰出表现受到营区队长注意，三番两次被召见，询问是否愿意改当职业军人。队长的建议让他心动，职业军人待遇比邮差好多了。缺点是，当了职业军人得定期更换营区，万一倒霉被调到太远的地方，女朋友会不会变心呢？

女友是他高中同学的妹妹，艾力克留级几次，最后两人反而成了同学，一起通过高中会考。毕业后，女友进了附近的一所商业学校，艾力克当兵的营区离家不远，加上在军队里表现杰出，几乎每个礼拜可以休假陪女友，没想到，这让他逃过了兵变危机。

某天早上，休假离营前，队长又跟他谈了半个小时。艾力克只剩一个月就退伍了，不愿意辜负队长的期望，他答应好好思考，重返军营时做出决定。

艾力克骑上摩托车离开军营，往常他骑得很快，想赶快回家。那天，这段回家的路他骑得心不在焉：要怎么跟女友谈这件事呢？要是她不赞成，该怎么办？

到了路口，刚换上红灯，轻轻放松油门，慢慢踩刹车，缓缓在斑马线前停下来。他真的需要时间好好想想：这件事要今天晚上说？还是休假结束前再问她？

抬头看了一下，还是红灯，艾力克轻轻叹了一口气，低着头继续想着未来。就在这时候，对面车道有辆疾驶而来的车子，丝毫没有减速迹象。十字路口没有其他车子，那辆闯红灯的车大胆加快油门，想要闯过路口。

就在这时，左边路上出现了一辆大卡车，他们的车道刚从绿灯变黄灯，卡车司机加快速度，想在红灯亮起前通过路口。

闯红灯的车子察觉状况不对，双方的速度和距离根本来不及踩刹车。为了闪避卡车，闯红灯的驾驶员把方向盘用力打向左边，想要闪过卡车，往路边空地开去。这辆车的确闪过了卡车，却停不下来，直直地往对面车道冲过去。在那里，没有其他车子，只有艾力克和他的摩托车。

心思完全飞到女友那里的艾力克，根本不知道发生了什么事，怎么被冲撞、被弹起……到十几公尺外的草地，艾力克没有任何记忆。车祸现场，扭曲不成形的摩托车、四溅的血迹、破碎的……残肢，他什么都记不得了。

苏醒

当艾力克清醒过来时，只觉得好累好累，好像睡了好久好久。勉强张开眼睛，在那有点模糊泛白的视线里，他看到了爸爸和妈妈。

艾力克整整昏迷了一个礼拜，在那段让人心惊胆战的时间里，他的心跳在最高和最低点来来又回回，他的命在手术室和加护病房进进又出出。当他终于睁开眼睛清醒过来，只觉得很累、很茫然。到底出了什么事？

妈妈低下头，在他耳边轻轻地说，发生车祸了。

哦。艾力克哼了一声，没什么反应。以前在学校踢足球的时候，被同学的球踢到昏倒，同样小事一件，不是吗？只是他不懂，为什么爸爸妈妈脸色看起来那么沉重？

算了，实在太累不想知道太多，艾力克觉得口渴，想要喝水。举起右手，往病床旁的小桌上伸去，想要拿起桌上的水杯。奇怪了，明明感觉举起了手，怎么就是碰不到杯子呢？试了几次，艾力克有点急，吃力地抬起头想要看个清楚。爸爸妈妈不断安抚，想让他静下来。

不行，发生了什么事？

勉强抬起头，艾力克才看到自己的身体包满了白色绷带，右脚被高高地吊起来。慢慢往身上看，才发现右肩包着厚厚的纱布，纱布下面居然什么都没有！

到底发生了什么事？为什么右手臂不见了？不可能啊，他明明清楚地感觉到右手臂的存在，为什么就是看不到呢？艾力克焦急、吃力地转头看着爸爸妈妈，想要知道答案。妈妈什么也没说，转过身偷偷擦眼泪。爸爸沉默了一会儿，最后说话了，带着颤抖的声音，他慢慢跟儿子解释。

被车子撞倒的艾力克，右脚完全断裂，经过急救勉强接上。至于右手臂，跟着昏迷的他，支离破碎地一起被送进手术室。出事地点离军营不远，艾力克在设备先进的军医院，由技术最高超的外科医生动手抢救。可惜太迟了，手臂再也接不回来。

听完爸爸的话，艾力克什么也没说，什么反应也没有，只是静静闭上了眼睛。

沉默的未来

接下来三个月，艾力克接受了二十一次大小手术，总算保住右脚。要想正常走路、跑跳，还得经过半年的肢体复健。他什么也没说。

肇事驾驶员找了律师，送上鲜花；军方派了代表，附上退伍令和抚恤金；保险公司选了经纪人，带来赔偿表格和支票。他还是什么也没说。

女友在家人陪同下，来了一次医院，从此无声无息。艾力克什么也没问，什么也不说。

从他苏醒那天起，昔日活泼好动、凡事不在乎的艾力克再也不见了。三个月来，一句话也不说，没有人知道他心里想什么。每天躺在床上，任由护士处理伤口、清洁身体，甚至喂他吃饭。

护理人员试着把餐点放到他面前，让他自己动手。艾力克看了看，动也不动，什么也不吃。不管爸妈怎么劝说，心理医生怎么辅导，就是不愿意使用左手。

看到儿子变成这个模样，爸爸妈妈非常痛苦。想说些鼓励的话，他们心里很清楚，只有高中学历的儿子成了断手跛脚，还能有什么未来？

那段时间，艾力克爸爸妈妈身心疲惫到了极点。就在儿子出事前一个礼拜，七十几岁独居的外婆在浴室摔了一跤，把骨盆给摔裂了。在医院休养了几天，出院当天就传来艾力克的意外。为了照顾一老一少，爸妈每天在军医院和外婆的家来回奔走。

车祸的事，爸爸妈妈一直瞒着老人家，直到伤势好转才说出实情。听到这个消息，外婆又气又急，恨不得立刻冲到医院，探望爱孙。只是老人家骨头还没愈合，身上还套着保护支架。要是不小心再碰撞一下，身体绝对撑不住。在亲朋好友极力劝说、警告下，外婆总算打消探望的念头。她要求艾力克爸妈，每天把外孙的状况告诉她。

很年轻就守寡的外婆，只有艾力克这个外孙。跟女儿住得近，小时候艾力克放学先到外婆家吃点心、做功课、玩游戏，直到黄昏爸妈下班才把他接回家。等艾力克渐渐长大，开始有自己的朋友，跟外婆的关系还是很亲密。不管参加什么活动，外婆永远都是最忠实的支持者，甚至交起女朋友，也是先偷偷带到外婆家，让外婆审核。

这么一个宝贝外孙，突然遭遇严重车祸，可想而知老人家多么心疼。打过几次电话到医院，想要安慰爱孙，艾力克不肯拿起话筒，不愿意跟外婆说话。

杏仁小蛋糕

等啊等，好不容易老人家可以拿着拐杖走路，头一件事就是去医院探望爱孙。

去医院前一天，外婆想了好久，想着要带什么样礼物过去呢？她知道艾力克拒绝与人沟通，拒绝肢体复健，拒绝学着用左手生活。在这种状况下，任何礼物都是多余、起不了作用的，不是吗？

第二天外婆一大早就起床了，拄着拐杖站在厨房，准备外孙最喜欢的杏仁小蛋糕。长方形的小蛋糕是家常点心，一般面包店或超级市场可以买到现成的，不过艾力克不喜欢，从小只吃外婆亲手做的杏仁小蛋糕。

小蛋糕做法简单，唯一麻烦的，是把调好的面糊分装在一个个小模子里。老人家伤势刚刚痊愈，手脚仍然虚弱僵硬。为了把面糊倒进小模子里，外婆用两个胳臂撑着拐杖，身体靠在料理台旁边，再用两只手吃力地完成最后步骤。

弄了好久，二十四个金黄漂亮的杏仁小蛋糕终于完成。老人家挑了一个漂亮的饼干盒，小心翼翼地把金黄小蛋糕装进去。她抱着饼干盒坐在客厅，等候家人接她去医院。

从家里到医院半小时的车程，外婆一句话也不说，焦急的表情完全显露在脸上。明白老人家的心情，艾力克爸妈只能替外婆担心。现在的艾力克拒绝与外界沟通，他们担心老人家受不了这样的打击。三个上了年纪的人，带着两样心情，想着同样一个人，半个小时的路程好长好久。

终于到了面对现实的时候，艾力克爸妈扶着外婆走到病房门口，老人家迫不及待地敲了敲门。门里面，没有任何回音；门外面，气氛紧绷。外婆想了一下，比了个手势，要艾力克爸妈留在病房外，老人家想要单独面对爱孙。

她打开门，一手提着装着饼干盒的袋子，一手拄着拐杖慢慢走进病房。在弥漫药水味的房间里，艾力克闭着眼睛一动也不动躺在床上。远远的，外婆轻轻地喊了一声爱孙的名字。艾力克张开眼睛，看了外婆一眼，没有任何表情、没有任何反应，又闭上了眼睛。

外孙冷淡的反应，外婆一点也不生气。从看到艾力克第一眼起，她简直伤心到极点。从前那个生龙活虎、身强力壮的大男孩，整整瘦了一大圈。那张圆圆的、红润的脸颊，如今苍白得让人心疼。老人家早就听说艾力克的状况，亲眼看到后，那种难过又加深了好多好多。

老人家一句话也没说，慢慢走向病床，走向沉默的艾力克，最后吃力地在病床旁的椅子上坐了下来。稍稍喘了一口气，拿出饼干盒，轻轻地打开盖子，再把饼干盒放在病床旁的小桌上。接着又从袋子里拿出准备好的餐巾，是她亲手缝制的，上面还绣着艾力克的名字，从小用到大的专属餐巾。

艾力克紧闭双眼，一动也不动。

小蛋糕、餐巾，再加上一杯水，这个吃点心的小小仪式，是外婆和爱孙之间的默契。仔细摆放好，外婆又看了看艾力克。真的很想抱抱爱孙，摸摸那张瘦削的脸颊，只是，会不会吵醒他？

老人家用微微颤抖的手，重新拿起拐杖，什么也没说，红着眼睛一步一步往外走。

童年的味道

艾力克知道外婆来了，知道外婆要走了，就是不愿意张开眼睛，面对现实。只有闭上双眼，他才能忘掉那个车祸噩梦，忘掉残废的事实。

听到外婆缓慢的脚步声，艾力克觉得好歉疚。他不是故意要让外婆、让爸爸妈妈伤心，他真的很害怕，害怕张开眼睛后的真相。

在那种令人难熬的气氛中，突然间，艾力克闻到一股甜甜暖暖的香味。深深吸了一口气，那个甜美、单纯的味道，一下子唤醒了久违的记忆：幼稚园的他，在一个暖暖午后，让外婆扶着，一扭一拐地学会了骑脚踏车；数学永远零分的他，在外婆耐心教导下，终于背会了九九乘法表；开始变音转大人的他，交不出家政作品，是外婆拉着他的手，一针一针织出一条长长围巾。

太多太多了，每次当他失去耐心、想要放弃的时候，外婆总是陪在旁边鼓励着。每一次，当他好不容易完成一件事，杏仁小蛋糕就是奖品。靠着数不清的小小蛋糕，艾力克学会了好多好多事。

想到这些美好回忆，又闻到那个令人怀念的香味，艾力克不由自主地张开了眼睛。他看到外婆苍老的背影、迟缓的步伐，他看到桌上那个饼干盒，还有记忆中金黄甜美的小蛋糕。有了这些，还有什么事做不到呢？

吃力地从病床上坐起来，外婆听到了，转过身，带着难以置信的眼神看着艾力克。他从被单里伸出左手，拿起了桌上的杏仁小蛋糕，慢慢放进口中。第一次，车祸后的第一次啊，艾力克用他的左手吃蛋糕。

这么多年来，小蛋糕的味道完全没变，还是那么温暖、那么香甜。看着外婆，艾力克流着泪说了一句：

"谢谢你，外婆。"

现在的艾力克啊！

从那天起，艾力克用一跛一跛的右脚，重新学着走路；用仅剩的左手，学着拿笔写字、拿刀吃饭。在医院待了整整一年，出院后，艾力克回到学校重新拿起书本。出乎意料，当年那个不会念书、老是留级的孩子，居然完成了大学、完成了研究所课业，拿到博士学位。

现在的艾力克刚过完四十岁生日，在大学教书，认识了一个心爱的女人，生了三个活泼健康的孩子。这一路走来，外婆开心地看着他。直到最小的曾孙过完周岁生日，老人家才闭上双眼，离开这个世界。

故事里的菜单

外婆的魔法蛋糕

全世界的外婆都是一样的。

当我认识艾力克的外婆时，她老人家已经九十高寿。原本自己一个人住，自己料理三餐。一场流行感冒后，身体变得很差，好几次在家跌得鼻青脸肿。经过仔细思考，外婆决定搬进离家不远的养老院。

自己下的决定，但搬家前夕看着满屋子的家具、一辈子的回忆，外婆难过得说不出话。养老院房间不大，除了衣服、照片和几件小纪念品外，实在容不下其他东西。关上家门离开前，外婆又急忙走进厨房，从柜子里拿出了那个古董饼干盒，硬是塞进满满的行李箱里面。

搬到养老院后，外婆身体恢复了，心情却很低落。艾立克明白，于是每个周末带着老婆孩子，甚至召集朋友们，一起去养老院探望外婆。

我跟几个朋友陪艾立克去看过外婆两次，每一次都是同样的场景：亲热的拥抱、殷勤的招呼后，外婆笑眯眯地打开床头柜，拿出那个古董饼干盒。旧旧的铁盒里，装着满满的糖果、巧克力。

大家年纪都不小了，还被外婆当小孩子来宠爱，全世界的外婆都是一样的。打开那个古董饼干盒，老人家带着歉意说：

"要是我手脚还有点力气，绝不会用这样的东西招待你们。艾力克可以作证，对不对？"

艾力克亲热地搂着外婆：

"是啊，小时候我常跟同学说，外婆是魔术师。每次下课回外婆家时，饼干盒明明是空的，等做完功课，小铁盒里神奇地装满了杏仁小蛋糕。到现在我都想不通，外婆是如何做出那些小蛋糕？是她手艺好、动作快，还是我太笨，功课写太久？"

听到甜蜜的往事，听出外孙拐弯抹角的赞美，外婆不好意思地笑着解释：

"杏仁小蛋糕一点也不难，我习惯先把蛋糕里的奶油，用小锅子煮一下，煮到颜色金黄、有坚果的香味后，立刻关火。七八个蛋白加上糖打到起泡，再轻轻拌入面粉和杏仁粉，动作一定要轻柔，可别把起泡的蛋白给破坏掉。最后再加上那个香味四散的奶油，面糊就完成了。倒进小模子里，一百八十度烤十分钟，就这么简单。"

外婆认真解释时，怀里还紧紧抱着那个饼干盒，那个装满关爱的小铁盒。艾力克微笑地看着老人家，心里很清楚，没有外婆的魔法蛋糕，就没有现在的他。

巧克力童年
Une enfance
douce-amère

　　"该是谈巧克力的时候了，根据个人多次的亲身体验，我很骄傲地把这些结论跟读者们分享。"

　　"贪杯狂饮后、深夜汲汲工作中、潮湿气候或漫漫长日或难以忍受的气氛下、思绪紊乱无法自由思考时、突然觉得自己很愚蠢，不管哪种情况，给自己来一杯浓度适中的热巧克力，奇迹就会出现眼前。"

　　在所有对巧克力的描述中，法国十八世纪美食家布里亚－萨瓦兰（Brillat-Savarin）的文字最让人感动。这位学法律出身的美食家，除了当过民意代表、法学专家、小提琴家外，还参与过法国大革命，甚至漂洋过海到刚诞生的美国教书。

　　如果没有丰富的人生经历，怎么能给巧克力如此公平正确的评价呢？

我开始认真学做西式甜点，是在柬埔寨当义工的那两年半。当时，首都金边治安状况很差，下班后几乎很少出门。为了打发漫漫长夜，烹饪成了我的夜间休闲活动。

先在金边旧书摊上，找到几本英文写的西式甜点食谱，又东拼西凑，总算找齐了做点心的基本工具。每天下班后，要是没有其他事，我一头钻进厨房，像科学怪人似的，照着食谱作各种试验。几个月下来，同事朋友们都很善良，不管是蛋糕还是饼干都有人捧场，吃得精光。我自己看了看、尝了尝，总觉得做出来的成果，外形勉强及格，口感却差了点。

最伤脑筋的，一直买不到做甜点专用的小磅秤，每次看到食谱上写着三十克面粉、八十克奶油，不知道该如何拿捏。

这些疑问直到认识了苏菲，一个在国际医疗机构担任护士的法国女孩时，才得到解决。从此做起点心，简直得心应手。

我是在朋友家认识苏菲的，那天晚上所有客人得准备一道自己的拿手菜，晚餐就像个小型的世界博览会，有来自各国的菜肴。贪吃又好奇，每道菜我都尝了一点，十几道下来，肚子早就饱了。等主人端出餐后点心，看到那些油腻腻的蛋糕、糯米做的柬埔寨甜点，根本吃不下。

晚餐主人跟苏菲在同一个机构上班，当他看到我对甜点漠视的态度，非常不满意，把我拉到餐桌旁，大力推荐苏菲的巧克力蛋糕。那是一个黑黑扁扁的蛋糕，没有任何鲜奶油或糖粉装饰，看起来平淡无奇。为了礼貌、为了不让主人扫兴，我客气地切了一小块放到盘子里。

原本以为是普通蛋糕而已，想不到一放进嘴里，才发现它特别的地方。冰冰凉凉的蛋糕，没有传统蛋糕那种蓬松口感，反而像冰激凌一样入口即化。蛋糕在嘴里融化的同时，巧克力浓浓香味缓缓散出。

真的好好吃哦，两小口，蛋糕就被我吃光了。回头想重新切上一块，才发现早已经被大家抢光了，所有客人对苏菲的手艺赞不绝口。

吃到这么棒的甜点，我当然不肯放过机会，跟苏菲才第一次见面，顾不得礼貌，连忙要求她传授蛋糕做法。当时苏菲身边围满了人，东一句、西一句地称赞她。苏菲是那种看起来很安静、很害羞的女孩，一下子成为众人注意焦点，让她不自在。听到我的要求，像是找到脱身借口，连忙把我带到屋子角落，把蛋糕做法写给我。

随手找到一张白纸，三两下苏菲就把所有材料和做法写下来。写完后还特别强调，这些食材在金边中国人开的小型超市，通通买得到。

以为苏菲常常做这个巧克力蛋糕，所以对材料比例记得这么牢。想不到接下来几次，在不同场合碰见苏菲，只要问起任何法式甜点，她总是随手拿起纸笔，很快就把食谱写出来，完全是烹饪专家的架势。

更惊奇的，苏菲写的甜点材料不需要有磅秤，做出来的糕点跟她做的几乎一样。

拥有高超的烹饪技术，苏菲只是谦虚地说，不需要拘泥在那种重量问题上。不管是蛋糕还是饼干，基本上是面粉、奶油、蛋和糖之间的"竞争游戏"罢了。面粉放得多，蛋糕比较硬；奶油放得多，成品就油腻。如果食谱上写着一百二十克的面粉，就算多放了十克、二十克，不会有太大差别。重要的是，要把握所有食材之间的平衡感。

我一直很好奇年纪轻轻的苏菲，从哪里学来如此纯熟的烹饪技巧。等跟她熟识后，才慢慢知道炉火纯青的手艺下，有个很巧克力般、又甜又苦的故事。

变调的童年

苏菲是家里第一个孩子，下面还有一个小她五岁的弟弟。小时候，苏菲和爸妈住在法国中部的里昂。妈妈是医院清洁工人，爸爸在里昂的纺织厂当机械维护工。家里经济算不上小康，但爸爸和妈妈两份微薄薪水加起来，够这个小家庭幸福地过日子。直到苏菲的弟弟出生后，快乐的家庭乐曲开始变调、走音。

新来的小宝宝跟其他孩子不太一样，是个脑性麻痹的孩子。小小的苏菲不知道发生了什么事，从这个奇怪的小东西来到他们家以后，妈妈变得很爱哭，爸爸变得很沉默。

为了照顾生病的小宝宝，妈妈将打扫清洁工作调到夜晚，白天专心在家照顾孩子。晚上妈妈上班后，就由从工厂下班的爸爸接手看护工作。付出这么多心力，小宝宝还是常常生病。三天两头送医院挂急诊。

那时候苏菲还在幼稚园呢，已经会自己穿鞋、洗澡、吃饭，但终究是个五岁大的孩子而已，需要有人看顾。爸爸妈妈除了上班外，得同时照顾两个孩子，几个月下来，这对年轻夫妻精疲力尽。

商量好久，最后夫妻俩做了痛苦决定，把苏菲送到住在山上的爷爷奶奶家，这样才能专心照顾多病的儿子。他们没跟苏菲说，一个五岁的孩子怎么能了解爸爸妈妈的苦处呢？

离家那天，小小的苏菲什么也不懂，高高兴兴地让妈妈帮她换上最漂亮的衣服，穿上最喜欢的红鞋子，又梳了两条可爱的小辫子。背起自己的包包，抱着心爱的小兔子，苏菲跟着爸爸兴冲冲坐上火车。苏菲还记得，当她转身跟妈妈说再见的时候，妈妈抱着弟弟，眼睛红红的，什么话也没说。

坐了几个小时的火车，到了山上爷爷奶奶家时，苏菲累得走不动。什么也没吃，躺在爸爸的怀里沉沉睡去。这一睡，所有事情都变了。

第二天一早当她醒来的时候，爸爸不见了。起先，苏菲以为爸爸跟她玩捉迷藏，很兴奋、很仔细地找遍了每个角落。找啊找，就是找不到爸爸。

爸爸不见了，苏菲喊起妈妈。喊了又喊、哭了又哭，嗓子都哭哑了，爸爸妈妈还是没有出现。紧紧抱着小兔子，五岁的小女孩学着和孤单作伴。

祖孙之间

住在山上的爷爷奶奶是那种很传统的中部乡下人，沉默又安静。老人家一辈子都住在山上，除了养牛羊、种烟草、种玉米外，没有其他任何活动。爷爷奶奶有五个孩子，四女一男全住在山下的城市里，只有圣诞节的时候，散居各地的子女会带着他们的孩子返家过节。

这么多年来，两个老人家已经习惯这种安静生活，当他们知道儿子媳妇的困难后，没有多想，毫不犹豫地答应儿子的要求。谁也没想到，他们的一句话从此改变了小苏菲的命运。

爷爷奶奶生了五个孩子，一屋子牛羊加上一大片农地，根本没时间照顾孩子。所以从小，苏菲的爸爸和姑姑们被训练出独立自主。小一点的孩子得学着自己穿衣服、整理房间，大一点的孩子帮忙料理家事、照顾牛羊。要是跌倒、碰伤、流血，也得爬起来，擦干眼泪，自己包扎伤口。

爷爷奶奶用这种冷酷的养育方式，拉扯大五个孩子。如今五岁的苏菲回到山上，加入他们的生活，两个老人家并没有因为孙女的关系，改变教养态度。他们用养育自己孩子的方式，来照顾苏菲。

可想而知，对小小的苏菲来说，简直就像从天堂掉进了地狱。从前，她是爸妈的心肝宝贝，每天早上在妈妈亲吻下起床，让爸爸牵着小手去学校；放假的时候，爸爸妈妈带着她逛公园、吃冰激凌，一家三口好幸福啊。

现在，什么都没了，爸爸妈妈不见了，就连学校也没了。爷爷奶奶住的地方没有幼稚园，山的另一边有个迷你小学，苏菲还不到上小学的年纪，只好待在家里学着适应新生活。

她是个安静乖巧的孩子，伤心难过，却不会给老人家添麻烦，一个人躲在房间偷偷哭泣。哭了两天。眼泪都流干了，爸爸妈妈还是没有出现，没有办法，只好跟着奶奶走出了房间。

　　头一个礼拜，奶奶带着苏菲认识家里每个角落：哪些地方可以自己去，哪些地方绝不能靠近。一个礼拜过去，农舍工作越来越忙，奶奶没有时间陪苏菲。每天天色还没亮，爷爷奶奶已经出门去工作。每天早上，苏菲一个人孤单地醒来，自己穿衣服，自己吃早餐，傻傻地看着窗外，偷偷地掉眼泪。小小的她心里暗想，爸爸妈妈不要她了。

　　一个礼拜又过去，爸爸妈妈还是没有出现。或许是哭累了，或许是寂寞吧，某天清晨苏菲擦干眼泪，决定走出去到外面看看。这一走，她发现了一个截然不同的新世界。

羊娃娃

　　带着恐惧的心，苏菲在农舍里转了一圈，看不到爷爷奶奶的身影。这时从羊舍里，传来他们洪亮的声音，苏菲悄悄地推开了羊舍大门。

　　那天清晨，一只母羊刚生下三只小羊。母羊心不甘情不愿地被爷爷奶奶硬拖着，喂完两只小羊母奶，趁他们不注意跑出羊舍，跟外面羊群会合。可怜的第三只小羊刚学会站立，就被羊妈妈抛弃了。奶奶经验丰富，早已经准备好一瓶牛奶。不过奶奶知道，这种没吃过母奶，又被羊妈妈抛弃的小羊，活不了多久。

　　苏菲在旁边看得好心疼，心疼那只可怜的小羊。小羊不知道自己被抛弃了，还用细细弱弱的声音喊了老半天，怎么也喊不回羊妈妈。

　　奶奶有其他工作要忙，看苏菲站在旁边，干脆把奶瓶交给她，简单交代两句，就把其他两只小羊带走。有点害怕，又替小羊抱不平，苏菲鼓起勇气想要把奶瓶塞进小羊的嘴里。它太小了，没吃过妈妈的奶，根本不知道如何用嘴巴吸牛奶。仰着头、张着嘴，顶了半天奶嘴，怎么也吸不到牛奶。

　　看小羊笨笨的样子，苏菲不害怕了，反倒觉得好玩。她伸出左手抓住小羊的头，再把奶瓶慢慢塞进小羊的嘴里，就像照顾她的洋娃娃一样。小羊试了几次，几次把牛奶喷得满脸，最后终于开窍，学会咬住奶嘴，大口大口地吸牛奶。

　　从那天起，苏菲跟小羊再也分不开。她觉得自己很重要，要是做不好这个工作，小羊可会饿肚子呢！每天早上起床后，再也没有时间去想自己的孤单，两三口吃完早餐，换掉睡衣，穿上衣服，再套上塑胶靴子，急急忙忙赶到羊舍照顾小羊。苏菲一天吃三顿饭，小羊一天就喝三次奶。

　　小羊或许把苏菲当妈妈了，不管她走到哪里，小羊就跟到哪里，他们两个再也分不开。每天晚上苏菲要回家时，小羊紧紧跟在旁边，总要爷爷奶奶硬拉着，才能把它拖回羊舍。

这个出乎意外的成功经验，让苏菲开始对农舍工作感兴趣。她跟在爷爷奶奶身后，看他们如何照顾牛羊、挤牛奶、挤羊奶，没多久就成了好帮手。爷爷挤牛奶的时候，她拿着空桶等在旁边；奶奶打扫农舍，她就拿着小扫把跟在后面认真清扫。

农家生活很辛苦，苏菲却不嫌累。有太多新的东西要学，再也没有心思追究爸爸妈妈抛弃她的原因。

山居哲学家

山居生活很单调却很忙碌，忙到苏菲没有时间胡思乱想，等上了小学，她才了解爸爸妈妈消失的理由。每年圣诞节的时候，爸爸妈妈会带着生病的弟弟，一起回到山上过节，苏菲再也不会追问什么时候下山回家。对她来说，她的家就是爷爷奶奶的家。

几个姑姑身为过来人，知道老人家照顾孩子的冷硬态度，她们很惊讶苏菲的转变。的确，山上的爷爷奶奶沉默寡言，常常一整天下来说不上几句话。小苏菲的到来，老人家嘴上从不说，却看得出来他们还挺喜欢苏菲的陪伴。

苏菲来之前，两个老人家除了工作外，没有任何休闲活动。每天吃过晚饭，爷爷边喝小酒，边听收音机里最喜欢的广播节目。至于奶奶，不是打毛衣就是拿着针线缝补衣服。

苏菲来了以后，爷爷每晚还是照听他的收音机，边听边动手钉些小板凳、小梯子。奶奶以前打毛衣的时候，常常打着打着就睡着了，现在两手可勤快，只要几个晚上，一件小毛衣就出来了。

老人家的体贴说不出口，苏菲年纪小，吃过晚饭就上床睡觉，根本不知道爷爷奶奶的夜生活是怎么打发的。每当她早上醒来，总会有新的礼物放在床头边。穿上奶奶打的厚毛衣，坐着爷爷钉的小板凳，苏菲的山居生活变得很温暖。老人家从来不解释这些心意，苏菲也默默收下这些关怀。

她是个懂事的孩子，上小学后没时间跟着爷爷奶奶照顾牛羊，为了分担老人家的工作，每天中午下课后，准备午餐成了她的责任。

山上生活很宁静，却有不方便的地方，譬如说方圆十几公里根本没有市场，也没有商店。每个礼拜只有固定的日子，会有不同商人开着小卡车，到山上贩卖东西。卖面包的、卖肉的、卖蔬菜水果的、卖生活日常用品的，都是一个礼拜来一次而已。

在苏菲记忆里，一直到离开山上前，从没吃过新鲜的面包。每次面包车来的时候，奶奶会买好几条面包放在高高的柜子里。等到旧面包吃完，奶奶才会打开柜子，拿出新的面包，而原本新鲜的面包已经成了又冷又硬的旧面包。

每次采购时，都是买一个礼拜的分量，要是漏买，或是某样东西吃得太快，只好忍着捱到下个礼拜的采购日。家里有台老爷车，若有需要，可以开车到山下的小镇采购。不过老人家节省惯了，根本不可能开几十公里的山路，去买他们眼中的小东西。

东西虽小，但少了这个、缺了那个，该怎么办呢？爷爷奶奶的生活哲学是：

"没关系，总有办法的。"

比方说，苏菲跟着奶奶学了不少的糕饼点心。做糕点的鸡蛋、奶油都是家里自产的，问题不大。比较麻烦的是面粉、发粉、白糖、巧克力或是一些特别香料，得靠那种送货的小货车。小货车来之前，他们会仔细记下该买的东西。设想再周到，总有遗漏的时候。不管少了什么，奶奶总是那一句：

"没关系，总有办法的。"

不管少的是什么，奶奶真的有办法找出替代的东西：面粉不够，就把核桃、杏仁磨成粉；白糖没有了，可改用蜂蜜；发粉用完，就多加一两个蛋白打到蓬松。

老人家的厨房里，根本没有食谱，也没有磅秤。所有材料的分量多寡，奶奶靠着汤匙、杯子，随手衡量出来。

一开始，这种很哲学家的烹饪态度，让苏菲无所适从。在学校，跟老师学写字的时候，一笔一画有规则、有顺序，不能搞错。在家里厨房，奶奶根本毫无章法，不管是面粉、鸡蛋、白糖还是奶油，总是随性自由地混撒一起。最惊奇的是，奶奶用这种不经心的烹饪方式，却做出一道道美味可口点心。

抱着半信半疑态度，苏菲把双手伸进了面粉堆。起初成果惨不忍睹，蛋糕烤得又干又涩，饼干硬得咬不下口。奶奶什么也没说，做了一个简单的巧克力酱汁，浇在干涩蛋糕上，瞬间就把失败的蛋糕改头换面；硬硬的饼干用擀面棍压碎，混上奶油和白糖，成了香酥可口的派皮，只要再加上新鲜水果，就是香甜的水果派。

试验了几次，苏菲终于理解奶奶这种近乎神奇的手艺。说神奇，或许有点夸张，重要的是要懂得变通，懂得面对不同状况。从此苏菲一手包办日常小点心、礼拜天中午必吃的蛋糕和圣诞节的节庆糕点。奶奶的点心哲学，把苏菲打造成甜点高手。

苏菲的抉择

苏菲在山上住到初中毕业，山区没有高中，不得已才离开爷爷奶奶，重新回到山下爸爸妈妈身旁。

　　这一回，她不再是十年前那个哭哭啼啼的小女孩。很舍不得离开心爱的爷爷奶奶，但她知道在这个既陌生又熟悉的家里，得学着照顾心智、肢体双重残障的弟弟。从那时候起，十五岁的苏菲立下了志愿：当个护士，照顾生病的人。

故事中的菜单

智慧的巧克力蛋糕

在拉丁文里，Philo 是朋友，Sophy 是智慧的意思，所以哲学的英文 Philosophy 代表"智慧的朋友"。经过我那位甜点高手朋友苏菲的指点后，我的烹饪手艺真的是突飞猛进。来家里吃饭的朋友们，对我的菜肴赞不绝口。

在北非摩洛哥居住的时候，有个朋友远从台湾跑来，在家里住了十天。除了陪他游山玩水外，只要有空也会去市场，采买新鲜的蔬菜水果鱼肉，在家做饭招待他。离开前，朋友用真诚口吻对我说：

"你真的有做菜天分！"

听到他的赞美，心里很高兴。不过仔细想想，我真的有烹饪天分吗？

　　苏菲给的那个巧克力蛋糕食谱，我至少做了二三十次的试验。每一次，会更改各种食材的重量多寡，偶尔加入新的材料，甚至更改烘烤时间。试验过这么多次，成功与失败的例子几乎平手。听起来让人失望，事实上每个失败蛋糕的后面，让我有新的发现，了解新的技巧。与其说失败，不如说是学习。

　　就拿烘烤的热度和时间来说，苏菲的食谱上注明热度一百八十摄氏度，烘烤二十分钟。一开始，我老老实实地照食谱做。用隔水加热的方式，融化一大块两百克的巧克力和同等重量的奶油。稍稍放凉后，先加入五六匙的白糖，随后把五六颗蛋，一颗一颗加进去。每加一颗蛋，都别忘了仔细搅拌。再撒上满满一匙的面粉，轻柔又仔细地混合均匀。最后，倒入蛋糕模子，就可直接入烤箱。

　　一模一样的做法，我曾用自己家、婆婆家、嫂嫂家，三台不同的烤箱烘烤。出乎意料，三个巧克力蛋糕外貌和口感完全不一样。

　　那三次的烤箱试验后，我慢慢理解苏菲的烹饪哲学。不管什么样的食谱，都需要做菜的人去拿捏材料的多寡、烹饪时间的长短，甚至口味的轻重。有没有烹饪天分，一点都不重要。

　　我的朋友苏菲，智慧的朋友；我的巧克力蛋糕，智慧的巧克力蛋糕！

苹果的滋味
Le goût de la pomme

　　一直想把这个故事写下来，又害怕伤到人。不写呢，实在舍不得。想了好久，决定打电话问问她。

　　有点惊讶，她居然一口就答应。

　　"写吧，事情都过去这么久了，还有什么好伤心的。"

　　"真的没关系吗？"她大方的态度让我有点别扭。

　　"如果几年前问我，我绝不答应，现在年纪越大，有些事也看开了。人活着，就会有故事，不管有没有人把它写下来。你写不写，都改变不了结局，不是吗？只有一件事拜托，不要写出我的真名，拜托。"

　　是岁月让她变得这么坦然，还是那些经历改变了她？这些疑问只能放在心里，不敢追问下去。

　　写吧，或许在写这个故事的时候，可以找到答案。读吧，请你们慢慢读这个故事。只有一件事拜托，不要问我她是谁。

苹果的滋味　　　　　　　　　　　　　　　181

丽莎的手艺

我不喜欢吃苹果，甜得有点虚假，尤其那种吃起来会喀嚓、喀嚓响的苹果，好像吃木板一样。就算有人说，每天一颗苹果可以延年益寿，还是改变不了我对它的负面印象。

可是啊，每次经过点心铺，总忍不住看看橱柜里有没有苹果做的甜点。说也奇怪，经过点心师傅改头换面后，黄澄澄的苹果点心看起来好吃极了，总让我忍不住掏出钱包：

"麻烦一个苹果派，哦，对不起，再加一个苹果塔好了。"

像打游击似的，我喜欢朝新店铺出击，尝试各家的苹果点心。不同城市、不同国家，只要有机会绝不放过。这么多年下来，算一算起码吃过百家店铺的苹果点心。

说真的，到目前为止，没有任何一个点心师傅可以比得过丽莎的手艺。朋友聚会时，丽莎的甜点永远最受欢迎：苹果蛋糕、苹果派、烤苹果、奶油苹果、苹果泥……变化多端。最重要的，她只挑苹果做甜点。问起原因，丽莎说她手艺差，不会做菜。

朋友们总以为她在开玩笑，直到去年年底，我在她巴黎小窝待了三天，才相信她真的不是开玩笑：丽莎做的菜真的很难吃！

在她家的第一顿饭，当她看到我吞咽困难的表情时，反倒幸灾乐祸地说：

"你现在终于相信我的话了吧。"

我当然相信，只是觉得不可思议，能做出那么好吃甜点的一双手，怎么会把牛肉煮得淡而无味，又硬得跟橡皮一样呢。幸好我们在法国，餐桌上的菜难以下口，只要拿出一瓶勃艮第二〇〇〇年摩根红酒，就可以让晚餐继续。开酒前，我满脑子疑问，想知道丽莎怎么学来这一手美味的苹果甜点。

"嗯，这个啊……"

丽莎的回答和表情一样，有点犹豫，我知道不该再问下去，砰一声开了酒，喝酒吧。有了好酒，没合适的小菜实在扫兴，翻箱倒柜半天，丽莎从冰箱找出一块乳酪、几片生火腿片和一罐咸橄榄。吃着开胃小菜，配着工作、生活上的牢骚，我们两个女人不知不觉喝完了一瓶酒。

酒精帮我壮了胆，看着丽莎红红的脸颊，忍不住又提起那个问题。

"嗯，这个啊……"

或许视线稍微模糊，看不出她的表情是犹豫还是尴尬。算我没问，再砰的一声，我开了第二瓶酒。酒刚倒进杯子里，丽莎说话了。

小城女子的巴黎新生活

二十三岁那年春天，丽莎带着简单行李，离开长满苹果树的家乡，一个人来到巴黎。很幸运，毕业没多久就找到一份文书助理工作，而且还在巴黎。对乡下小城长大的丽莎来说，又兴奋又不安。一个人到巴黎工作？反复想了几天，带着邻居赞美的眼光、家人的祝福和自己的疑惑，她来了。

丽莎在一个著名的国际儿童福利机构工作，打字、接电话、整理档案，短短几个礼拜表现杰出，业务驾轻就熟。三个月试用期刚过一半，主管就把丽莎调成正式员工。职场生涯的第一步，出乎意料的顺利。

说实话，起初丽莎并不太清楚机构的工作内容。住在小城的时候，偶尔会捐钱给慈善机构，帮助一些穷困国家的孩子。来巴黎上班后，才慢慢了解所谓的救援发展计划，不是给钱、给食物就行了。每个任务的背后，都有好大的学问在里面，她像回到了学校，每天学着新的知识。

身为基层文书人员，看着每天经手的文件：亚洲区工作报告、非洲救援预算书、全球儿童福利调查报告……再加上接待那些从非洲、亚洲各国回来的工作人员，年轻的丽莎觉得巴黎不但开了她的眼界，也给她的生命增加了某种神圣光环。看着那些报告书和照片，她心想，或许有一天也能亲身参与那样的工作。以她的学历和经历来说，目前只能偷偷地幻想。

虽然不是站在前线工作，从某个角度来说，丽莎也做了相当程度的牺牲奉献，例如薪水。

工作的机构很有名，但毕竟是个非营利的慈善机构，薪水比起私人公司差了一截。如果在故乡小城上班，吃住都在家里，出门还有一部爷爷留给她的小车，生活花费很少。相反的，在巴黎衣食住行样样贵，光是房租就去掉一半的薪水。再扣除交通和伙食费，到了月底，银行户头只剩下心虚单薄的数字。

两三个月下来，工作让她精神充实，银行存款却让她心慌。妈妈说过，如果有困难，家里可以寄钱给她。每次想到妈妈的提议，丽莎觉得好丢脸，已经到大城市来工作，怎么好意思还要小城的妈妈寄钱补贴呢？

想了半天，想从饮食上开源节流。来巴黎后，大部分都在外面解决中餐和晚餐。就算挑着便宜的地方吃，一个月下来还是笔大开销。自己下厨做菜呢？身为家里四个孩子中的老幺，从小到大能做的只有摆摆刀叉、收拾餐桌而已，丽莎根本不会做菜。

靠着记忆，回想妈妈做菜的样子：煎牛排、煎蛋、做马铃薯泥，这几道不太复杂的菜。练习了几天，蛋不像蛋、肉没有肉味，连最简单的马铃薯都被她搞成一摊烂泥。唉，做菜真不容易。

这时候，同事们开始准备下年度新的预算表，丽莎的工作一下子忙了起来。每天下班回到家已经累得动不了，实在没有余力和炉火"对决"。她想起小时候，每年苹果收成季节，全家忙着采收苹果，没人替她准备午餐时，自己发明的懒人三明治。

去超市的熟食铺，买了那种促销的咸肉片和便宜的干乳酪，加上一条法国棍子面包。面包切成两段，一段中午吃，另一段当晚餐。横着切开面包，涂上奶油、夹上肉片或乳酪片，只要一分钟，懒人三明治就准备好了。

童年的点子解决了民生难题，中午是乳酪三明治，晚上换成咸肉片。偶尔要是碰上特价的烤鸡，午餐和晚餐就改成鸡肉三明治。为了均衡营养，她还会啃上一个番茄、半条黄瓜或几根红萝卜，补充纤维质。乏味的饮食方式吃了几个月，丽莎一点也不腻，看到银行存款数字往上攀升，每天的懒人三明治越吃越有味。

节省开销很重要，不过丽莎更需要社交生活，需要出去透透气。问题是巴黎生活步调太快、太紧凑，一个礼拜满满五天工作下来，大家累了，希望周末好好休息。更何况大部分同事都结婚了，周末时间全留给家人。

在同事建议下，她参加了一个免费的步行者俱乐部，每个周末一群陌生人聚在一起，在老巴黎人的带领下，用步行来认识这个浪漫之都。走了几次，丽莎发现大家对街道建筑物的探索，胜过对身旁同伴的好奇，她觉得好沮丧。每次边走边想、边想边比较，比较小城的人和巴黎的人，越比较越失望，好几次想放弃。

糟糕的是，她的小窝实在小得难受。打开窗户是隔壁大楼的旧墙，家里唯一能看到蓝天的小天窗，比一本书大一点而已。她有种错觉，觉得自己成了笼中鸟，飞不高也飞不远。

别无选择，她只能继续走着，跟着那些熟悉的陌生人走遍巴黎大街小巷。说也奇怪，一步一步走下来，丽莎越来越喜欢这种孤独的步行。

才几个月时间，巴黎生活模式把她的梦想和对工作的热忱，悉数烧灭。办公室响个不停的电话、地铁车厢里拥挤的人潮、超市里等着结账的长龙队伍……每天晚上，当她拖着疲惫不堪的身体回家，拎着沉重的购物袋，爬上六层狭窄老旧的木楼梯，才能回到那一小片天空的住处，真的好累啊。

那个曾经让她沮丧的周末步行，反而成了松弛神经的解药，一整天走下来，汗流浃背。蓝天、河水、木桥、凹凹凸凸的石板路，一个只有周末才存在的巴黎，静静地让她看着，默默地让她走着。

苹果的滋味

又到了星期五，边整理桌上的报告，边想着小窝旁的超市周末有哪些特价品可买。特价品便宜个几块钱而已，但积少成多，能省则省。丽莎养成习惯，定期翻阅超市的宣传单，星期五下班后，直接去超市采买。

洗发精、香皂、卫生纸都快用完了，顺手写在便条纸上。还没写完，机构大主管突然走进办公室，打断了她的采购备忘录。大主管宣布，明天晚上在他家有个同事聚会，每个人得带一道菜共襄盛举。为了避免重复，他还做了一个菜色分配名单。

看着大主管满脸笑容，丽莎脑袋慌了起来。怎么办？能做什么菜？她满头发麻地走上前看了一眼名单。幸好，幸好被分派到甜点，只要不让她下厨，一切都好办。丽莎心想，反正花钱买个蛋糕应付了事。

星期六早上，照旧去步行者俱乐部，走了满身大汗，从容不迫地梳洗一番后，才慢慢走到超市。这个超市里有个蛮有名的糕饼铺，每次经过都是满满人群，他们的点心应该不错吧。

到了那里，果然人潮拥挤。好不容易轮到她，先看了玻璃柜里的蛋糕，嗯，很好吃的样子。等仔细一读价目表，天啊，价钱贵得吓死人，一个普通的巧克力蛋糕，是她一个礼拜的伙食费。想了半天、算了几次，丽莎实在舍不得花这个钱。尴尬地向店员道歉，趁着混乱匆忙离开。

好吧，不如自己动手做甜点，就算做得不好，诚意够了，荷包也不会损失太大。她走进超市里面，找到那种速成的苹果派制作包，又挑了一公斤的苹果，这是她最拿手的。从小在苹果堆长大，闭着眼睛也能分辨出好坏。

这种速成苹果派做法很简单，只要按照包装上的说明步骤，成果不会太差。一个包装盒里有两个纸袋装的粉：做派皮的粉，和做奶油糊的粉。派皮粉加水揉成面团，奶油糊粉用牛奶调匀。揉好的面团摊在烤盘上，倒上奶油糊，最后再铺上切片的苹果就可以放入烤箱烘烤。

面团不难做，加入指定水量，倒也弄得有模有样。苹果切片更难不倒她，切完后再撒上糖，淋一点点柠檬汁，稍微腌渍一下，这是小城妈妈们的秘方。望着烤盘上的面团，尝了尝苹果片，嗯，挺不错的嘛！

看着这个速成甜点，丽莎想起妈妈做的苹果派，那种用面粉和奶油混合的面团、自家果园现摘的苹果、热热浓浓的奶油糊，嗯……天呀，错了错了，想得太入神，丽莎犯了大错。速成的奶油糊必须先用冷牛奶将粉末调匀后，才能加热变成奶油糊。她一个失神，将整包粉末倒进热腾腾的牛奶里，一锅牛奶转眼成了一锅疙瘩！

看看手表，聚会时间快到，超市也关门了，根本没办法再买一包重做。要是自己动手做奶油糊呢？丽莎一点把握都没有。状况急迫，她突然想起冰箱里的苹果泥，妈妈前几天托邻居带给她的苹果泥。自家种的苹果，甜而不腻的新鲜口感，外面买也买不到。超市再贵、再有名的品牌，也比不上家里这一罐。

舍不得但别无选择，丽莎只好把妈妈做的苹果泥从冰箱拿出来。倒了大半罐，均匀摊在面团上，最后再铺上酸甜的苹果片，送进热热的烤箱。

抱着不能再出错的心，丽莎寸步不离地守在烤箱前。看着玻璃门后的派皮，出油膨胀，变成金黄饼皮。烘烤时间结束，立刻将苹果派拿出烤箱。看起来没有包装盒上的照片那样吸引人，不过应该不难吃吧？她安慰自己。

小心翼翼捧着她做的第一个苹果派，换了两趟地铁，终于来到了聚会地点。大主管家位于巴黎北边的蒙马特，是个独栋的花园洋房，一推开门，丽莎大开眼界。那是一栋三层楼老房子，还有一个种满繁花绿草的大院子，让人仿佛置身乡村。她印象中的蒙马特，是艺术家聚集的地方，没想到却在这里发现一个田野般的巴黎生活。

张大眼睛看着老房子，用力闻着面前的花花草草，丽莎在花园里站了半天。直到大主管和他的太太走过来，热情地把她带进家里。招呼后，丽莎捧着苹果派穿过人群，来到一个长长的餐桌前。

桌上早摆满各式各样的美食，烤羊腿、大虾沙拉、煎牛小排、火腿哈密瓜和五颜六色的开胃小点心。和四周丰富的美食比起来，丽莎做的苹果派太简单、太寒酸了。有点自卑吧，挑了最角落的地方，放下苹果派。又给自己倒了杯甜酒，加入同事们的谈话。

说是内部聚会，其实来了很多外人：医生、艺术家、外交官。一大堆名字头衔、一张张陌生面孔，在她眼前穿来晃去。每个人吃着、喝着、说着，场面看起来好优雅、好高贵。在小城的时候，她常去朋友邻居家聚会，那种纯朴热闹的感觉，跟今晚这个盛大的聚会截然不同。在这栋装潢精致的大房子里，客人的表情和话题仿佛经过精心的包装。

丽莎有些无聊，偷偷瞄了一下餐桌角落的苹果派，完完整整地放在那里。有点难过，难过自己的手艺没人捧场；又有点舍不得，舍不得妈妈辛苦熬的苹果泥被人遗忘。晃啊晃，慢慢晃到餐桌旁，她想尝尝自己的第一个苹果派。

正要拿刀子切苹果派时，大主管带了一个男人过来，是电视台的记者，正在做救援机构的专题报道。大主管将丽莎介绍给记者认识，稍微寒暄后，大主管把记者留给丽莎，忙着招呼其他客人。

主管一走，气氛变得有点冷淡，丽莎不太懂得应付这种场面，想了半天只挤出一句话：

"我在电视上看到过你。"

"哦！"

男人的声音和表情没有任何起伏，不能怪他，丽莎的应酬话让人很难接下去。实在想不出更好的对话，丽莎看到自己手上的刀子，干脆问男人：

"要不要来一块苹果派啊？"

"哦，好啊。"

这个人也挺怪的，既然是记者，怎么不想办法找话题打破冷场。她边想，边快快切下苹果派，希望男人拿了甜点后，赶快走人。好歹是周末，丽莎不想花脑筋在公事上。

切了两块，一块拿给男人，另一块放进自己的盘子里。没有话题，那就吃吧。丽莎毫不犹豫地一口咬下去，刚入口，浓郁的苹果味在嘴里散开，好好吃哦。心里想着差点脱口而出，谁知道，记者已经先出声：

"天啊，好好吃哦！"

听到这么直接的赞美，丽莎心里高兴得不得了，想不到误打误撞，居然做出这么好吃的苹果派，这是第一次有人称赞她的手艺。太得意了，丽莎忍不住说：

"是我做的。"

在男人的推荐下，丽莎的第一个苹果派成了当晚最受欢迎的餐点。有了这个当开头，她和男人之间的距离一下子缩短。两人从苹果开始，话题源源不断，一直谈到聚会结束。

那天晚上回到小窝时，丽莎心情很得意，连看到炉子上那锅冷却的牛奶疙瘩，还能笑着把它们从锅里挖出来，扔进垃坂桶。

美梦

　　愉快的心情一直持续到礼拜一，女同事们纷纷询问她苹果派的秘方，丽莎像中了头奖，不知道该如何应付上门道喜的访客。好不容易打发完好奇的同事，正想定下心工作，一个穿着蓝衬衫的陌生男人走到她面前。丽莎愣了一下，觉得好面熟，男人微笑地看着她：

　　"可不可以给我十分钟？"

　　丽莎想起来了，是前天晚上聚会里的那个记者。当时太兴奋，光顾着说自己的苹果派，根本忘记对方的模样。现在突然出现在眼前，才发觉那是张很成熟的脸孔。看着男人海蓝的衬衫，她突然想起家乡小城旁的海水也是这个颜色。

　　"可不可以给我十分钟？"

　　男人笑着又问了一次。

　　"哦……嗯……没问题。"

　　丽莎尴尬地带他到档案室，调出各种需要的资料。十分钟、二十分钟、三十分钟，整整一个小时才结束。男人离开前，问丽莎今晚有没有空，想请她吃饭，谢谢她的帮忙。

　　"哦……吃饭……好啊！"

　　丽莎有点惊讶于男人的邀请。

"那么晚上八点，歌剧院广场前见。"

男人离开了后，丽莎满脑子混乱地留在档案室，想着这个意外的邀约。来巴黎几个月了，这是第一次跟同事以外的朋友约会，而且彼此才刚认识。看着手边散乱的文件，丽莎静不下心整理，那一片海蓝蓝完全占据了她的心。在小城的时候，只要心情不好，她会开车去海边，让蔚蓝的海水抚平心情。但今天这个蓝衬衫的男人，让她怎么也静不下来。

胡思乱想一整天，丽莎好不容易从拥挤的歌剧院地铁站挣脱出来。差五分钟就八点了，看看手表安了心，慢慢往歌剧院前广场走去。广场前的阶梯已经来了不少人，大家都约在这醒目的地方见面。丽莎从左边绕到右边，从最下面的阶梯往上看，男人还没有来。最上面空出了一个位置，她走到那里坐了下来。

看着广场前满满的车阵和人群，再看看身后雄伟的歌剧院，丽莎有种身为巴黎人的在地感，懂得享受巴黎的美、巴黎的热闹、巴黎的灿烂辉煌。那个小城异乡人的不安和局促，正慢慢从她身上蜕去。

邻座几位等人的男男女女，约会对象到了，纷纷起身离开。丽莎看看表，八点二十，男人还没出现。在这交通尖峰时段，迟到是正常的，尤其几个热门的地铁站，要挤上一班列车不容易。丽莎替迟到的男人找到借口后，继续享受她的巴黎梦。

歌剧院前有一家历史悠久的餐厅，正逢用餐时间，餐厅几乎客满，餐桌上点起了一盏盏蜡烛，气氛非常好。同事跟她提过，说这些老餐厅很贵，都是做观光客生意。丽莎一点也不在乎，等存够钱，她也想当个观光客，到这种优雅的老餐厅吃饭，感受古老巴黎的气质。

想得太入迷，一看表已经八点五十了，男人还是没有出现，她有点慌。或许记错地点？搞错日子？张望半天，广场上的人少了点，还是没有男人的身影。丽莎不知道该怎么办，决定继续等下去。想找回刚刚悠闲的感觉，让情绪静下来，完全做不到。越是不想，越是不停看着手表：九点整……九点十分……九点二十。男人会来吗？

不想生气，肚子却饿了，丽莎有点后悔，后悔不该跟一个陌生人约会。算了，再等十分钟吧，要是真的不来，她也走得理所当然。静下心，丽莎又看了十分钟的夜景，才起身离开。刚往楼梯走下去，看见有个人从地铁口急急忙忙走上来。果然是他，那个海蓝的男人。男人一眼就看到丽莎，朝着她跑过来。

刚来到面前，喘着气，男人连声抱歉。一个突发消息打乱了原先新闻的安排，男人只得留下来修改新闻内容。

"我想，你或许气得走了。"男人带着歉意说。

这下反倒是丽莎有点抱歉，男人为了工作才迟到，为了这个临时约会才赶得这么急，正想开口道歉，男人一把拉住她：

"别说了，吃饭吧，我饿死了。"

他们往歌剧院旁的小巷走去，去一家满墙大红色的餐厅，连桌上都铺着红红的桌布。丽莎向来讨厌红色，奇怪的是，那整晚红色的气氛让她心动。两人像是多年不见的老朋友，说着彼此的生活经历。男人四十岁了，十五年的记者生涯，从报社到电视台，他的工作、他的生活对丽莎来说，是陌生新世界。相反的，二十三岁的丽莎离家不过几个月，她的小世界对四十岁的男人来说，是个既遥远又新鲜的往事。

两人离开餐厅时，已经午夜了，男人叫了计程车，先送她回家。坐在车里，或许是有第三者，或许是夜深了，两人什么话也没说。丽莎看着窗外的巴黎夜景，心里红得很温暖、很满足。

计程车到了她的小窝楼下，男人吻了她的脸颊道别。下车后，丽莎依依不舍地站在公寓门口，看着计程车消失在黑暗中。爬上楼，躺在床上，看着小窗外的夜空，丽莎有种奇怪的感觉，觉得自己在做梦。

拉风筝的小女孩

丽莎没有做梦，周末到了，男人又约了她。这回没有迟到，他们俩沿着塞纳河走了一整晚，有点累但两人都没有分手的意思。那个晚上，他们从朋友变成了恋人。

爱情的滋味让丽莎变得快乐起来，不再是那个寂寞的小女人，不再需要那个孤单的步行者俱乐部。男人丰富的经历、广阔的社交圈子，让她的生活多彩多姿。跟着男人，她认识了很多新朋友、新地方、新话题。男人的家，成了丽莎的快乐天堂。

男人住在一个高级公寓的顶楼，就在巴黎最浪漫的老运河旁。丽莎喜欢站在客厅阳台上，看着运河上轻轻滑过的小船，看着运河旁早起散步的人，看着巴黎在这样的悠闲中慢慢清醒。

只要没有应酬、没有邀约，男人会自己下厨做菜。别看他单身，手艺简直不输给专业厨师。当然啦，男人一直念念不忘丽莎的苹果派，在她面前提了好几次。知道瞒不了，丽莎老实地将苹果派的故事说出来。听完后，男人大笑，将她紧紧搂在怀里，再也没提起。男人的贴心让丽莎心里暗自发誓，一定要找机会，跟妈妈学做家乡苹果派。

转眼间，两人交往三个月，比起以前在小城交过的同龄男友，男人既成熟又体贴。不会跟她斗嘴，不会跟她生闷气，就算意见不同，男人也会耐心地解释沟通。这么理想的男朋友，真的太难得。不过越交往、越熟悉，她总觉得有道看不见的界线，隔在他们之间。

就拿外表来说，尽管四十岁了，男人可是公认的黄金单身汉，长得又高又帅，不管到哪里都会吸引女人的注意。丽莎自知能力中等、外貌平庸，好奇地问过男人，为什么和她在一起？男人笑而不答。

另一个搁在心中的疑问，是住的问题。每个周末丽莎像出门旅行一样，在背包里准备更换的衣服和盥洗用具。很想跟自己心爱的人住在一起，但男人一直没提起这件事，丽莎不知道如何开口，怕男人误会。

这些疑问、这些心里的话说不出口，只能全部搁在心里。有时候，她觉得两人的关系就像放风筝一样。她是一个拉着大风筝的小女孩，每当起风，小女孩只能被风筝拉着跑，风筝想跑去哪里，她就得跟着去。手上拉着一根线，小女孩心里很清楚，不知道自己可以撑多久。

眼看圣诞节即将来临，男人有一个礼拜假期，他邀请丽莎一起去西班牙度假，跨年夜才回巴黎。丽莎很想去，又舍不得这个家人团聚的节庆。丽莎的哥哥姐姐已经结婚有自己的家，住得有近有远，每年圣诞节是全家团聚的唯一机会。身为家里的小女儿、哥哥姐姐疼爱的小妹妹，要丽莎把家人抛下，跟男朋友跑去外地度假，实在说不过去。最重要的是，家里的人都还不知道她交了男朋友。

衡量半天，丽莎还是决定回家过节。男人微笑耸耸肩，什么也没说。这是他们认识半年以来，第一次分开这么久。什么时候再见面？两人有默契似的没约定。

　　带着那点遗憾，圣诞夜前夕丽莎回到了家乡。刚下火车，妈妈已经在月台上等着。一见面还没开口，妈妈就哭了起来，说女儿瘦了好多好多。去巴黎工作后，母女俩每个礼拜会通电话。女儿声音没变，人却瘦了一圈，妈妈好心疼。紧紧地把女儿搂在怀里，一边掉泪，一边数落巴黎这个大城市的缺点。

　　东一句、西一句的，母女俩回到了家里。刚进门，行李来不及打开，老朋友和邻居就上门了。大家都想看看丽莎，想听听她的巴黎新生活。

　　热腾腾的场面持续到第二天，哥哥姐姐带着一家大小回来，家里热闹得不得了。大人忙着准备圣诞大餐，孩子们里里外外地跑来跑去。丽莎一边忙着跟哥哥姐姐解释工作内容，一边当孩子王跟着侄子、侄女玩疯了。

　　整整闹了两天，哥哥姐姐带着各自的家人和满满的圣诞礼物，还有妈妈特别准备的苹果果酱，道别离开。丽莎帮妈妈收拾紊乱的客厅、房间和厨房，清扫还没结束，已经累得不行了。这几天光顾着跟大家说话，根本没睡几小时。在妈妈体贴坚持下，丽莎放下抹布和拖把，连睡衣都没换，倒在床上沉沉地睡着了。

　　第二天醒来，妈妈已经把整个家都收拾干净。被一股香甜温暖味道吸引，丽莎半睡半醒走到厨房，刚在那张老餐桌旁坐下，妈妈给她一杯热腾腾的咖啡和一块刚出炉的苹果派。

看着香甜可口的苹果派，丽莎一下子清醒过来。她想起了男人，想起了他们认识的那个夜晚，想起了这几个月的甜蜜爱情。看女儿沉思，妈妈以为她很累，不想打扰，转身准备离开厨房时，听见身后传来丽莎的声音：

"妈，可不可以教我做苹果点心？"

妈妈以为丽莎没睡醒，随口说说。回头看到小女儿认真模样，这下妈妈开心地笑了。从小到大被全家宠爱的小女儿，对烹饪一点兴趣也没有，想不到去巴黎工作后，居然想要自己动手做点心。妈妈随手拿起挂在墙上的两条围裙，一条围在自己身上，一条替女儿围上。家庭烹饪班在冬天温暖晨光里，甜甜地开课了。

为了给丽莎信心，妈妈从最简单的苹果泥开始。削皮、切成小块、加点水加点糖、用小火细熬……在妈妈耐心引导下，丽莎一点就通。妈妈说的每个步骤，先拿笔写下，接着动手试验。动作没有妈妈那么熟练，但转眼间一锅浓稠的苹果泥就完成了。

等不及变凉，丽莎急忙用手指挑起稠稠的果泥放进口中。

"哇，太好吃了，真的是我做的吗？"

忍不住又挖了一大口，放进口中，看女儿得意的模样，妈妈笑得更开心。接下来那三天，母女俩哪里都没去，只待在厨房，妈妈把自己拿手的苹果甜点，通通传授给丽莎。厨房里一大篮子红红绿绿的苹果，全成了一道道可口点心。

不知不觉中跨年夜到了，在法国传统里，圣诞夜跟家人团聚，跨年夜则和朋友共度。妈妈知道丽莎的假期放到年初，如果约了小城的朋友出去跨年，理所当然。不过女儿难得回来一趟，做妈妈的总有那点私心，希望女儿留在家里，母女过个安静亲密的夜晚。心里想着，妈妈嘴上什么都没说。

丽莎跟妈妈一样，心里想着一件事，却说不出口。很想多陪妈妈几天，但一想到心爱的男人在巴黎，丽莎希望和他一起迎接新的一年。妈妈和女儿两边各想各的，谁也没有明说。

跨年夜那天早上，母女俩吃过简单早餐后，妈妈从厨房柜子里拿出面粉、白糖，又从冰箱里端出了奶油和鸡蛋，她要教丽莎做苹果派，这个最家常、最受欢迎的饭后点心。

经过几天密集训练，丽莎把妈妈拿手的苹果甜点几乎都学会了，只剩这个苹果派。这道点心一点也不难，尤其是派皮，在超市可以买到现成的。当然啦，现成派皮的口感和味道，比不上自家现做的。

妈妈把所有材料整齐有序地摆在老餐桌上，先在工作台倒了些面粉，接着快速利落地把软软的奶油放进松松的面粉堆，手指轻轻揉捏后，散乱的粉末成了圆滚滚的面团。经过一点时间苏醒，妈妈拿起擀面棍，撒上一点面粉，一揉一推之间，柔软的派皮就成型了。妈妈做得轻松简单，对丽莎却是个大挑战。看出女儿的疑惑，妈妈放慢速度，哪里该轻轻搅和、哪里该快速揉捏，一个细节、一个细节缓缓解释。

反复练习几次后，家里那个旧烤箱终于传出香味。在妈妈点头示意下，丽莎套上隔热手套，从热腾腾的烤箱里拿出烤得金黄油亮的苹果派。

"哇，好漂亮哦。"

看着美丽的成果，丽莎高兴得不得了，靠着妈妈的耐心，她终于做出了道地的家乡苹果派。舍不得吃，这时候她的心早已经飞得远远的了。

母女俩用完简单午餐后，丽莎憋不住，用工作当借口说要回巴黎。妈妈什么也没说，默默准备了一大袋食物，让丽莎带回去。袋子里面，除了家乡的土产和自制的苹果果酱外，妈妈把丽莎做的苹果派用铝箔纸仔细包起来，放在硬纸盒里。接着给火车站打了通电话，确定班次时间，才开车送丽莎去车站。

火车开动前，妈妈依依不舍地搂着女儿，要丽莎注意自己的健康。不想说谎骗妈妈，但爱情的召唤让她待不住。一边是亲情，一边是爱情，丽莎左右为难。火车慢慢开动，母女俩隔着车窗说再见。看着妈妈年迈的脸孔、失望的神情，丽莎突然觉得好愧疚。

放手

晚上七点火车抵达巴黎，再过几小时就是新的一年，车站里人潮满满。被这股热闹气氛影响，丽莎等不及，在火车站的电话亭打电话到男人家。

电话响了好久，没人回应。很失望正想挂断，男人突然接起来。听到丽莎的声音，他很惊讶。丽莎很兴奋，在嘈杂的车站里一手拿着话筒紧贴耳朵，另一手紧紧拎着苹果派。她迫不及待地说，刚回巴黎，想要跟男人见面。

男人迟疑了几秒，才回答已经跟几个单身老朋友约好跨年。丽莎愣住了，这几天想的都是两人重逢的画面，男人的答案让她反应不过来。隔着电话，看不到男人的表情，只能又急又气地脱口而出：

"你不想我吗？"

这是他们认识以来，丽莎头一次跟男人生气。

"我以为你过两天才回来，所以跟朋友约了。"

男人的声音仍像往常那样沉稳，没有一丝反驳或替自己辩护的感觉。丽莎听得出来，男人不会取消跟朋友的约会。

"明天再联络吧。"

听到男人这句话，丽莎静静地把电话挂了，刚放手，忍不住在电话亭旁掩面哭了。想起几个小时前，妈妈那失望的表情；还记得那天早上，妈妈拉着她笨拙的双手，在面粉堆搅和的情形；更忘不了这几天，母女俩在厨房里共度的美好时光。那些被她抛在脑后的记忆和温暖的味道，突然一下子全涌了上来。

控制不了情绪，也管不住眼泪，丽莎靠着电话亭哭了起来。车站大厅来往的人潮中，没有人察觉到丽莎的眼泪，每个人忙着、赶着、想着自己的约会，只有丽莎孤单一人，站在拥挤的车站里哭泣。掉在地上的不只是泪水，还有那个早上做的苹果派，碎不成形的苹果派。

隔天丽莎没联络男人，男人也没给消息。两天、三天、一个礼拜过去后，男人才打电话给丽莎，抱歉解释，临时被电视台派去国外采访，走得太匆忙来不及通知。那天晚上像往常一样，他们一起吃饭，一起回到男人的家，没有人提到跨年夜的事。

不提不说也忘不了，那一夜的眼泪让丽莎终于看清楚那条界线，那条把他们隔开的界线。四十岁的男人有他固定的生活模式、处理事情的态度，男人不想也不愿意去改变。既然如此，年轻的丽莎要不要改变自己去配合男人呢？问题闪躲了几个月，终于到了该下决定的时候。

工作的机构在越南开了一个大型教育计划，除了执行人员外，还需要一个经验丰富的行政助理。原先确定的人选，出发前夕因为家里发生意外，匆忙请辞。慌乱中，机构主管想到了丽莎，知道她一直想去海外工作。

接到主管提议，丽莎不想放过这个好机会，只是一想到男人，想到两人的恋情，又变得犹豫。想了两天，最后打电话给男人。男人正在办公室写新闻稿，听到这个海外工作机会，替她高兴，鼓励她接受挑战。丽莎知道男人没有说谎，他是真心替自己高兴、鼓励自己。但男人真的不在乎这段感情吗？

挂上电话，丽莎心情变得更复杂。如果拒绝这份难得的工作，未来还有机会实现梦想吗？如果这一走，两人的感情能维持下去吗？

桌上电话响了起来，吓了丽莎一跳。是男人吗？是他改变主意，要丽莎留在他身边？迟疑了几秒，拿起电话，是主管的秘书，想知道丽莎的决定。没有时间犹豫了，就像男人说的，要把握机会，接受挑战。

随着离别一天天接近，他们照常约会、照常过日子。两人没有互许承诺，也没有约定未来，男人不说，丽莎也不问。

离开法国前，男人在第一次约会的餐厅订了位子。一整晚，两人有讲不完的话，时间仿佛倒流回去，回到最初恋爱的心情。那天晚上搭计程车回男人家，两人紧紧握着对方的手。看着男人的脸，丽莎有点迷糊，觉得自己在做梦。

第二天一早，男人送丽莎去机场。一路上，男人说着工作，说着装潢公寓的打算，说着夏天去美国进修的课程。男人不停地说着，丽莎心里突然有个傻念头：如果男人要她留下来，她愿意抛下工作，留在男人身边。只要男人开口，她会放弃一切。

男人什么都没说，陪着丽莎办完登机手续，陪着走到机场入关的分界线。时间慢慢逼近，丽莎犹豫了，只要男人一句话，她愿意……但男人给了她一个微笑、一个拥抱、一个亲吻后，两人就在这条界线上分开了。

从巴黎到越南的班机上，这一年多来两人交往的情形，像电影画面般一幕一幕地在丽莎眼前闪过。越想越伤心，越伤心眼泪就扑通扑通地往下掉。十几个小时的旅途后，天刚亮，丽莎带着哭红的双眼，疲倦地抵达了越南胡志明市的办公室。

同事还没上班，办公室大门紧紧地关着，负责接机的年轻越南司机法语说得不好，只是简单一句要丽莎耐心等待。人到了越南，整颗心其实还留在巴黎。行李刚放下，丽莎急着想打电话给男人。进不了办公室，干脆要求司机带她出去打公用电话。两人比画半天，丽莎拿出随身的法文越文小字典，拼着怪怪的越南话跟司机沟通。

讲了半天，年轻司机终于了解丽莎的意思，他以为事情紧急，连忙从车库里牵出一台旧摩托车，示意丽莎上车。司机载着丽莎快速地穿越了几条小巷，来到菜市场旁的一家小店铺。

小小窄窄的店里，用薄薄的夹板分出几个小隔间，每个隔间里摆着一台老式电话和一张板凳。等不及司机的翻译，丽莎迫不及待走进去，拨了男人家里的电话号码。

电话终于打通了，一声、两声、三声慢慢地响着。看着自己的手表，越南的清晨是巴黎的午夜，丽莎心急地拿着话筒，另一端却毫无回应。男人是不会寂寞的，丽莎心里这样想，四十岁的他知道该如何打发漫漫长夜。明明知道结果，丽莎怎么也舍不得把电话挂断，她傻傻地以为，接下来这一响，男人会突然拿起电话。

时间一秒一秒过去，丽莎绝望地抬头，她看到年轻的越南司机满脸不安地站在店铺外。他不知道丽莎为什么急着打电话，只能像个忠诚小兵，寸步不离地守在旁边。店铺外走动的人越来越多，市场越来越热闹，办公室的同事应该已经到了吧。要是他们看到行李，却找不到丽莎和司机，会不会以为发生了什么事？

看到那张单纯老实的脸孔，丽莎才发觉自己真的很傻、很自私。为了维系跟男人的这段感情，忽略了多少周围的人和周围的事呢？想到这里，丽莎决定放下手中紧握的那根线。放手那一刹那，紧绷的心、紧绷的身体，突然有种轻松的感觉。

丽莎在海外整整工作了十二年，才调回巴黎。十二年来，随着工作国家的更换，妈妈每年都会带着新熬的苹果果酱，千里迢迢飞去那里探望她。十二年来，丽莎再也没有跟男人联络。偶尔，会在电视上看到男人的身影，但丽莎长大了，不再是那个被大风筝拉着的小女孩。

　　该走的，就让它走吧。

故事里的菜单

跨年夜的苹果泥

　　忘了说，丽莎的妈妈几年前就过世了。在海外工作了十几年，丽莎决定回巴黎，跟妈妈的健康有关系。回来后隔年，老人家就住院了，没多久传来她过世的消息。丽莎伤心难过，但妈妈走得很安详，没有被病痛折磨太久。临走前，妈妈念念不忘最后那趟巴黎之旅。

　　那趟旅行其实很勉强，当时妈妈的身体状况越来越差，走不到两步就喘个不停。带她去巴黎，老人家身体撑得住吗？丽莎犹豫不决。十几年来，妈妈跟着女儿的工作跑了半个地球，却从没机会造访巴黎，这是妈妈心头的遗憾。

　　在医生许可下，跨年夜前两天，丽莎把妈妈从小城接到巴黎。老人家不但坐电梯登上了埃菲尔铁塔，在卢浮宫看到了《蒙娜丽莎的微笑》，甚至还进了古老的圣母院做祷告。每一个景点，丽莎先开车把妈妈载到目的地，将老人家安稳放下后，才在附近找车位停车。

　　这么体贴安排，几个名胜古迹走完，妈妈的体力已经透支。隔天正好是跨年夜，丽莎取消行程，让妈妈在家好好休息。

　　睡了一整天，夕阳西下妈妈才醒过来，脸色有点苍白。原本晚上要去香榭大道上庆祝，但看到妈妈这个模样，丽莎想取消，妈妈怎么也不肯。离午夜还有几个小时呢，妈妈说只要再休息一会儿，就可以出门了。

　　一整天没吃东西，丽莎买的过年应景食物，老人家根本没胃口。热了一碗蔬菜汤，也只喝了几口而已。这么虚的身体，又空着肚子，怎么出门呢？丽莎软硬兼施，妈妈才说想吃点苹果泥。

　　哪有人跨年夜吃苹果泥？丽莎开玩笑抱怨着，边在餐桌上铺了旧报纸，拿了几个苹果、一个柠檬、两把小刀、白糖罐和一个小锅，一起放在桌上。丽莎把妈妈扶到餐桌旁的椅子上坐下，母女俩拿起苹果削皮、切成小块，加点糖、加点水，又挤点柠檬汁，然后把装满苹果的小锅子放到炉子上，用小火慢煮。

　　苹果块煮软后，平常丽莎拿支叉子，用叉子背面把苹果稍稍压碎而已，她喜欢吃起来还有点果肉的口感。不过妈妈现在吞咽不方便，丽莎拿出电动搅拌器，把煮熟的苹果打成细泥。

　　装了一碗温温的苹果泥，上面又浇了点蜂蜜，拿给妈妈。不知道是不是饿了，妈妈居然全部吃光。没多久，脸色果真慢慢红润起来。两人换了外出的衣服，丽莎开着车，带着妈妈来到灯火辉煌的香榭大道。

离午夜还有一个小时，宽敞的大道上已经人山人海。丽莎穿过拥挤的车阵，在香榭大道旁把妈妈放下后，开着车子找停车位。平常日子都一位难求，更何况是热闹的跨年夜。丽莎在巷子里转了半天，就是找不到车位，时间慢慢过去，急得不得了，担心妈妈在人潮里站不住。

就在这时候，奇迹出现，一台大型摩托车开走，留下个小车位。丽莎花了一番工夫，勉强把车子挤进停车格。松了一口气，拿起外套匆忙下车。刚关上车门，听到身后有人喊着她的名字。

一回头，丽莎居然看到了他，那个整整十二年没见面的男人。街上人来人往，车声、人声热闹得不得了，他们两人半天说不出话。男人的脸孔添了点岁数，但魅力依旧，身材也保养得很好，看不出已经五十出头。

彼此礼貌的互相亲吻脸颊后，男人先开口，说他跟几个朋友约在附近酒吧见面，问丽莎有没有时间一起过去聊聊？

想都没想，丽莎摇摇头，说有人正在等她。男人愣了一下，表情有些失望。这时街上的人群突然往香榭大道方向涌去，丽莎看看表，已经快午夜了。匆忙跟男人道别，转身快步离开。

不能让妈妈等太久！

丽莎加快脚步在人群里又闪又推的，挤了半天，终于在人山人海的大道看到了妈妈。老人家像个乖小孩似的，静静坐在路边椅子上，好奇地向四周张望，神情兴奋又愉快。

刚走到妈妈身边，四周传来倒数的声音："十、九、八、

苹果的滋味

七……"几万人同时喊了起来，"六、五、四……"丽莎和妈妈也大声地喊着，"三、二、一……新年快乐！"

砰、砰、砰，灿烂火花中，丽莎紧紧地把妈妈搂在怀里，这是母女俩共度的最后一个跨年夜。

后记

吃完离桌？且慢！

对下厨做菜的人来说，吃得精光的碗盘是最好的赞美；对下笔写作的人而言，让读者满意的作品是个成就。亲爱的朋友，当你们读到这一页时，想必已经吃光、读完了"人生餐桌"上的这十道菜、十个故事。身兼作者和厨师，我是双倍快乐。

在你们离开餐桌、合上书本前，且慢，让我再说个小故事，当作送客点心。

几年前回台湾探亲时，有位好友请我到台北很有名、很昂贵的一家餐厅吃饭。到得太早，我在附近找了家书店，看书打发时间。没想到读得入迷，居然忘了约会这档事。等察觉时，赶紧放下书，急忙往餐厅跑去。远远地，朋友焦急站在门口张望。我没有手机，朋友联络不到，还以为我弄错地方。连忙道歉，朋友一点也不介意，拉着我往餐厅里走去。

那是一家高档餐厅，晚上七点还不到，已经坐满客人，大家都穿得很时髦、很体面。服务人员看见朋友，很礼貌、热情地问候，看来她是那里的常客。朋友订了安静的包厢，到了里面，才知道除了朋友夫妻外，还请了另外两位生意上的伙伴。

边跟大家致歉，边卸下随身背的小布包。原本想把小布包挂在椅子上，可惜椅背又圆又滑。这时看到旁边高雅的木柜上，已经放了两个名牌手提包，想也没想，我把小布包也摆上去。

那顿饭吃得很丰盛，每道菜上来时，都让人眼睛一亮：从日本空运来的海产、法国出名的鹅肝、美国的新鲜生蚝；就连甜点，都是限量制作的手工冰激凌。

整个晚上，大家聊得非常愉快，除了跟朋友叙旧外，也从在座客人那里，听到很多有趣的事情。只是向来味觉敏感的我，却怎么也尝不出那些精致料理的滋味。总觉得每道菜被装饰得太华丽，味道调配得太复杂，丧失了原本的天然美味。

另外，让我印象深刻的，就是服务生的眼神。每位进到包厢收拾餐盘的服务生，看到摆在那两个名牌包旁边的小布包时，总会特别多看它两眼。

那个小布包是我家法国人在西非塞内加尔开会时，主办单位拿来装资料文件，发给每位与会者的。因为很结实，又是棉布做的，我干脆拿来当背包。

那顿晚餐服务生的眼神，我一点也不介意。凭朋友的家世财富，拿名牌包是理所当然，我既不羡慕，也不会自卑。唯一让我在意的，是看到那些珍贵食材被糟蹋、被包装到失真、失味。

这也是为什么我喜欢自己下厨，喜欢研究食谱，甚至发明新菜色。自己做的菜，虽然比不上专业厨师的精致、华丽，但那真实的口味、真诚的心意，绝对尝得出来。

《吃透人生，慢慢来》是我这几年在不同地方生活所写下的，谢谢上海文化出版社给我这个小布包一个机会，让这些故事能够和大家分享。你们是一群专业的出版人，这是一次非常愉快的工作经验。

当然，最该感谢的还是阅读这本书的朋友们，愿意跟着我的文字去旅行。没有办法亲自跟你们道谢，唯一能做的，就是动手准备更美味的故事与菜肴。

下回见！

淑　华
于西非几内亚

读后感

喜怒哀乐，全在菜里面

李北北

当朋友把书送来时，我不禁哑然失笑，书被包裹得很严，似在提醒我若无诚心，便不要轻易打开。

于是，回到家里，把主妇的责任——完成，才庄重地拆开书外的包装。正是淑华的这本《旅行中的餐桌》(本书繁体字版书名)。

之前，朋友有所介绍，这是一本讲述旅途中餐桌上的故事。实话讲，此时读起来有些尴尬，因为减肥中的女人视晚餐如大敌，而此时我饥肠辘辘，还要读上一本介绍美食的书，岂不是成了一种煎熬？

原以为要流一地"口水"，没想到读了两个故事之后，迎来的不是暴涨的食欲，而是莫名的忧伤。一个故事接一个故事，我的好奇心一步步把我的感性引到书的深处，而我的理性又提醒我，这不是一本介绍美食的书，不该狼吞虎咽地吃下去。

理性胜利了，书读完，已是三天后。这一天正是中秋节，作为一名职业军人的妻子，在本应团圆的日子里，却只有儿子和书的陪伴。透过窗，映着那皎洁的月光，将我的思绪带到了那书中故事发生的地方。

十道菜十个故事，苹果派让我尝到了酸涩，杏仁小蛋糕让我流泪，巧克力蛋糕让我看到一个小女孩儿，学习独立的成长过程。我赫然发现，书里那些来自世界各地的人物，居然都有模有样地走在我的视野中。近四十年的人生，从没出过国，甚至连国内也只去过几个地方，完全不了解外国文化，更别说那些没听过的国家。但随着这本书，这些异国人物都进到我心里：想起那道红萝卜色拉，我仿佛看到一个美丽忧愁的法国女人，提着购物篮，在超市里失神走着；还有那咕嘟咕嘟冒着热气的塔吉菜旁，是个阿拉伯小姑娘，靠着阳台栏杆露出腼腆幸福的笑容，而身后的厨房，还堆着高耸油腻的餐盘呢。

　　明明是遥远又陌生的人、事、物，却在这月圆的日子，陪着我。

　　这本书是淑华准备的一顿大餐，静静的房间里只有一张餐桌，我乖乖地坐在桌子的一边，看着淑华上菜，我对面的客人也在变换，他们的喜怒哀乐全在菜里面。

　　吃完这大餐，心里有点感慨，原来我每天做的饭只是白米肉菜而已，而淑华做出的是人间百味。读淑华的故事，看着不同的食物吃到人们的嘴里，而感情却吃到我的心里。无论是温暖快乐，还是波折艰辛，都是人生最珍贵的回忆。就像最后那个苹果派，面对十二年后的相逢，单身的她可以坦然向昔日恋人说抱歉，然后毫不犹豫地奔向自己的老母亲。

　　很抱歉，整本书读下来，一个食谱也没有记住，我只明白一件事：酸甜苦辣咸是食物的味道，也是人生的滋味。